LAISHI DE LU

来时的路

亲历者讲述红色故事

强渡大渡河

杨得志 等◎著

倪慧慧 夏永乐◎编

中国文史出版社

图书在版编目（CIP）数据

强渡大渡河 / 杨得志等著；倪慧慧，夏永乐编 .
北京：中国文史出版社，2024. 7. --（来时的路：亲
历者讲述红色故事 / 朱冬生主编）. -- ISBN 978 - 7
- 5205 - 4738 - 3

Ⅰ. I251

中国国家版本馆 CIP 数据核字第 2024RK3367 号

责任编辑：金　硕

出版发行：中国文史出版社

社　　址：北京市海淀区西八里庄路 69 号　　邮编：100142
电　　话：010 - 81136606/6602/6603/6642（发行部）
传　　真：010 - 81136655
印　　装：廊坊市海涛印刷有限公司
经　　销：全国新华书店
开　　本：700mm×1000mm　1/16
印　　张：15. 5
字　　数：151 千字
版　　次：2025 年 1 月北京第 1 版
印　　次：2025 年 1 月第 1 次印刷
定　　价：69. 00 元

丛书编委会

出版说明

选题缘起

一是贯彻落实习近平总书记提出的"要讲好党的故事、革命的故事、根据地的故事、英雄和烈士的故事,加强革命传统教育、爱国主义教育、青少年思想道德教育,把红色基因传承好,确保红色江山永不变色"重要指示精神,深入挖掘红色资源,丰富精神宝库。"采取青少年喜闻乐见、易于接受的形式",讲好"四个故事"、加强"三个教育",以高度的历史自觉培育有理想、有本领、有担当的时代新人。抚今追昔、鉴往知来,不忘初心、牢记使命,始终牢记"我们走得再远都不能忘记来时的路",让信仰之火熊熊不息。

二是引导人们树立正确的历史观。中国共产党百年非凡奋斗历程为我们留下了丰厚的精神遗产,随着时间的推移,现阶段人们尤其是年青一代对当年那一段血与火的历史已渐感陌生；网络时代媒体传播的多元化，极大丰富了人们的信息资源，但在一定程度上也干扰了人们对历史的正确认知，特别是关于党史和军史，存在不准确甚至不正确的史料传播。本丛书旨在通过收集和整理史料，让历史说话，用史实发言，为人们树立正确历史观提供翔实资料。

三是文史资料再开发的尝试。现存的权威军史资料大都时日已长，为防止宝贵的红色资源湮没在历史尘埃中，迫切需要对其进行深度挖掘、梳理整合，以"亲历、亲见、亲闻"的"三亲"史料的形式，让红色资源以新的体系、新的样态呈现在世人面前，更好地发挥教育功能。

编选原则

一是坚持正确的政治立场。牢牢坚持党性原则，牢牢坚持马克思主义新闻观，牢牢坚持正确舆论导向，牢牢坚持正面宣传为主。

二是主题鲜明。丛书反映了中国共产党团结带领中国人民，以"为有牺牲多壮志，敢教日月换新天"的大无畏气概，书写了中华民族几千年历史上最恢宏的史诗；展现了坚持真理、坚守理想，践行初心、担当使命，不怕牺牲、英勇斗争，对党忠诚、不负人民的伟大建党精神。

三是史料权威。丛书内容来源于《中国人民解放军历史资料丛书》《中国抗日战争军事史料丛书》《中国工农红军长征史料丛书》所收录的文章及老一辈革命家的回忆录等。涉及党内路线斗争的题材概不收入；涉及犯有重大错误的人员的情况只做客观描述，不做评述；理论性较强，不便于一般读者理解的文章慎重选录。

四是注重"三亲"性。所选文章紧扣"亲历、亲见、亲闻"的特点，内容感人至深、思想丰富深刻、语言通俗易懂，为加强红色资源的故事化提供生动范例，做到知识灌输与情感培养并举。

卷册专题划分

一是在纵向上按照中国革命的历史进程，讲述了土地革命战争时期、抗日战争时期、解放战争时期及新中国成立初期的党史和军史故事。

二是在横向上各个历史时期再按区域或按部队序列进行分述。如土地革命战争时期的各地武装起义，按照当年武装起义比较集中的地区，如湘赣、湘鄂西、鄂豫皖、苏浙闽沪、陕甘等分别编辑成册。抗日战争时期，按照八路军第一一五师、第一二〇师、第一二九师、新四军、华南抗日游击队、东北抗日联军等分别编辑成册。解放战争时期，按照第一、第二、第三、第四野战军和华北军区部队，以及剿匪斗争、策动国民党军起义投诚等分别编辑成册。后勤工作、军队院校等特殊领域，单独成册。

圄于文史资料的自身特点，作者个人身份立场、视野角度不同，一些人撰稿时年事已高、事隔经年，记忆恐有偏差，细节难求完全准确，有意偏重或弱化亦难避免。对此，我们力求维持原貌，体现多说并存，只对一些显而易见的讹误进行了谨慎订正。诚然如此，由于我们能力水平和主客观条件的限制，难免有疏漏之处，恳请广大读者批评指正！

编　者

2024 年 6 月

遵义会议后，中央红军在毛泽东等指挥下，根据实际情况的变化，灵活地变换作战方向，忽东忽西，迂回曲折地穿插于敌人重兵之间，使敌军感到扑朔迷离，疲于奔命，红军则处处主动。从 1935 年 1 月末到 3 月下旬，红军四次渡过赤水河，5 月上旬渡过金沙江。至此，中央红军摆脱了几十万国民党军队的围追堵截，粉碎了蒋介石围歼红军于川黔滇边境的计划，取得了战略转移中具有决定意义的胜利。5 月下旬，红军强渡大渡河，飞夺泸定桥，接着又翻越了长征途中第一座人迹罕至的大雪山夹金山。6 月 12 日，中央红军先头部队到达懋功东南的达维镇，与前来迎接的红四方面军第三十军李先念部会师（从川陕根据地开始长征的红四方面军是在 1935 年 4 月嘉陵江战役胜利后，向西转移，到达理番、懋功一带的）。6月18日，中共中央与中央红军主力到达懋功地区。两大主力红军会师，使集结在这个地区的兵力达到十多万人，红军实力大大增强。本书收录的文章主要围绕遵义会议后至长征胜利结束，四渡赤水，巧渡金沙江，强渡大渡河，飞夺泸定桥，翻越终年积雪的崇山峻岭，穿过人迹罕至的茫茫草地，实现红军主力的大会师。

目 录

从遵义到大渡河

张爱萍

我军回师遵义所取得的一连串胜利，迫使敌人再不敢像以前那样轻举妄动了。在乌江以北，我军取得了休整的机会。之后曾几次主动寻敌作战，敌则小心避让，在乌江到贵阳地区和滇黔边境加筑工事，谨慎防守。为调动和迷惑敌人，在运动中寻求歼敌机会，我军于1935年3月中旬，再度西进，占仁怀，经茅台，三渡赤水河，进入川南地区。蒋介石以为我军又要北渡长江，急调川、滇、黔军阀和薛岳部，在长江沿岸设置防线；并在滇、黔边境加筑碉堡，构成封锁线，企图围歼我军于长江南岸。可是，待敌人调动部署将成之际，我军又突然折回，再经茅台附近的二郎滩、太平渡等地，四渡赤水河。然后乘黔北、黔中和黔东广大地区敌军空虚，经枫香坝强渡乌江，主力直趋贵阳方向前进。除留第九军团下乌江北牵制敌人外，另以一支小部队佯攻瓮安、黄平，佯作东进湖南的姿态。

这种神出鬼没的突然行动，不仅把川、黔军阀和薛岳等部抛在后面，而且又一次使蒋军手忙脚乱。他们判断我军一是乘虚攻贵阳，二是东进湖南与红二、红六军团会师。我军主力沿途虚张声势，张贴"拿下贵阳，活捉蒋介石"的标语。蒋介石此时正坐镇贵阳督战，贵阳城又只有1个团，急得他失魂落魄，一面急令云南军阀龙云火速增援贵阳，一面又急调薛岳和湖南军阀部队布防在东线堵截。

　　我军主力马不停蹄，人不歇步，星夜向贵阳疾进。贵阳城里日夜赶修碉堡，构筑工事。贵阳附近的土豪劣绅，也纷纷逃向贵阳"保险"。

　　由于乌江以南敌人主力甚少，我军所向披靡，如入无人之境，几乎没遇到什么大的抵抗，即逼近了贵阳城下。当我军达到了调动云南敌人的主要目的后，除以一支小部队佯作进攻贵阳姿态外，主力则从贵阳附近突然转向西南，西向云南疾进。于是，又把所有的国民党反动军队甩在后面了。我军不费一弹入滇的大门便被打开了。后来知道，毛主席部署这次战役时就说过："只要能将滇军调出来，就是胜利。"敌人果然听从安排。

　　我军向西南疾进中，所向无敌，连克定番（惠水）、长顺（长寨）、广顺（今属长顺县）、紫云等县，强渡了北盘江，打通了进入云南的道路。

　　北盘江位于黔西南，两岸是高耸入云的峭壁，主要通道有关岭县属募役的铁索桥，为滇黔公路必经之处。红三军团

2

为全军渡江右翼先遣部队。为迷惑敌人，军团首长命令十三团，伪装敌军，沿途不进行政治宣传，不打土豪，先军团主力一天出发，巧夺募役铁索桥。

我们十一团占领广顺的第二天夜晚，接到军团首长电令：十三团伪装占领铁索桥的计划难以实现，决定改由关岭南贞丰附近渡江，令我团以强行军速度，于后天12点前占贞丰之白层渡口，并架设浮桥。沿途经过彝民地区，要切实遵守党的少数民族政策，严格遵守群众纪律……

拂晓前星星还像数不尽的小灯挂满天空，我们便火速踏上了弯曲不平的山路，虽说4月里的破晓前还有些寒气，然而每个人都累得汗流浃背。天亮以后，战士用歌声驱赶着疲劳。翻山越岭，涉水爬崖，180里的强行军，英勇的红军指战员真是拖不垮打不烂的钢铁战士。下午4点多钟，进入了彝民区，我们在一个村边停下小憩。

彝民开始不了解我们往山上跑，经过向导的呼喊和我们宣传解释，有的才转回来。一个腰挎利刃、头缠青布的彝民青年，爽快而热情地主动为我们带路，并用手比画说，到北盘江还有130多里路，中间还要翻两座大山。

我们担心不能按时到达，督促部队加快行军速度。政治鼓动工作，也更加活跃起来。黄昏前，我们翻上了一座大山。带路的彝民告诉我们，下了山就是王司令的地区了。王司令是这个地区彝民的头人，从此地到北盘江，都属他管辖，手下有几百条枪，他和王家烈的人是对头。

3

下了山，沿着一条傍山隘路，艰难地走着。先头部队刚到一个寨子门外，就传来枪声，旁边山上也有人吆喝奔跑。我们立刻命令部队停止前进，不准还击。这寨子，正堵住了两山之间的通路，我们非从此经过不行。经向导喊话，寨上不打枪了，但是不让通过。为争取和平解决，我们派"外交大臣"——政治处主任王平等同志去谈判。

部队焦急地等待着，等得不耐烦了，便嚷起来："娄山关乌江都过来了，吴奇伟两个师都消灭了，还怕他们！"

"你们就知道枪杆子好使，忘了党的政策！"

要争取时间赶路，一分一秒都是珍贵的，不能再等了。我也跑了上去，只见一个 30 来岁的彝民，正带着犹豫的样子和王平同志谈话。他就是王司令，因为被军阀王家烈的人抢怕了，不了解我军的政策，怕我们以借路为名收他的枪，抢劫财物。我们再三向他解释，并告诉他，我们的毛主席、朱司令也要从此经过，并决定我们几个负责同志留在他的寨内，待部队通过后再跟进，这才解除了他的疑虑。于是他便叫人捧出茶，并派了他的副官为我们做向导，负责沿途联络。

谈判成功了。我们同他坐在月亮下，看着部队肃静地经过寨门的大路。告别时，我们送了他十多条汉阳造的步枪作为礼物，他再三称赞我军纪律严明。

部队在王司令的副官引导下，一路毫无阻挡。又经过一整夜零半天的急行军，中午时分，望见了滚滚奔流的北盘江，江水哗哗地响着，吸引着战士们飞跑起来。大家一到江边，就喝个痛快，从昨天黄昏起，都滴水没进，现在我们终于胜利地到达北盘江了。

江边有王司令守江的一个连长（全连只带三条枪），从他那里得悉，此地距白层渡口还有 30 里，而且那里仅有的两只渡船，已被敌人拉过西岸去了。我们见此处江宽不过 200 米，水流较缓，对岸又无敌情，便决定在此泅渡，迅速迂回到敌人背后。同时命令一营沿江东岸南下，从正面强攻白层。西岸是一座高山，险陡异常，如被敌人控制，渡江就困难了。正在这时，侦察员请来了一位彝族老人，据老人说从此往下游走 1 里多路，有个浅滩，20 年前天大旱时，曾有人从那里涉水渡过江。我们喜出望外地赶到那浅滩处，参谋长和几个会泅水的侦察兵立即下水试渡。

我们站在岸上，瞪大眼，屏住呼吸，望着这些探险家下水去。他们快涉到江心了，水才淹没到胸部，我们都高兴极了！一刹那，水淹过了他们的肩膀、脖子，只有头和高高伸向空中的两手露出水面。眼看着江水就要把他们吞没了，大家焦急万分。突然，参谋长往上一冒，又露出了肩膀，越往前，水越浅了。

"行啦！可以徒涉了！"岸上响起一片欢呼声。

我们当即决定由团侦察排和三营的高个子，先涉水渡江，抢占对面山头。

"个子高的跟我来！"七连指导员蔡爱卿同志把衣服一

脱，高举驳壳枪跳下水去。接着七连、团侦察排和八连、九连的高个子，也纷纷跳下水去。战士们一手高举枪、弹和衣服，一手互相拉着，江面上拉起一条人的长绳……

上岸的部队迅速穿好衣服，便去抢占江岸边的制高点。先头部队即将爬到山头，山那边传来了枪声。原来王家烈发现我军向北盘江疾进后，急调其犹国才师的一个团赶守贞丰城，并以两个营在白层之线沿江西岸阻击我军渡江。这就是刚从贞丰赶来的一个营，也正抢占这个山头。但由于我们的战士跑得快，动作猛，抢先登上了山头，然后居高临下，一气把敌人打了下去，一直追到山下。

团的主力渡江后，二营和团直属队配合工兵排赶架浮桥，江东岸附近的彝民，也纷纷来帮助我们。

奉命从白层强渡的第一营，因渡口水深，无船可寻，他们一面积极准备架桥，一面用重机枪向敌人猛射，配合展开政治攻势。由于我军一部已从白层上游渡过了江，驻守白层渡口的敌军营长晚上便派他的副官过来和我一营谈判，他们愿意撤出白层镇，让出渡口，但要求我军假打一下，使他们好向上司"交差"。在我大军压境之下，吓得他们不敢抵抗了。

谈判成功了。对岸放过两只渡船，我一营战士乘上船，架起机枪，像实弹演习似的，打了一阵。至此，我们从两处渡过了江，全部控制了渡口，乘胜夺取了贞丰城。

下半夜，团的指挥所转移到了对岸山上，等待新的命令。

第二天拂晓，彭德怀军团长过江来了，他听了我们的报告后，又给我们新的任务：为阻击敌人从滇黔公路侧击，掩护我军主力西渡北盘江，并安全西进，命令我率团的主力（缺第一营）立即出发，沿江西岸进占太平街，并逼近关岭、铁索桥，以牵制关岭、募役、安顺一线之敌。最后，彭德怀军团长深切关怀地说："你们是单独行动，任务很艰巨，要特别提高警惕，可能被敌人切断与主力的联系，更要谨慎小心。在独立行动中，要灵活应用游击战术，依靠群众，注意随时与军团的电台联络。"

天将破晓，我和王平同志率部出发，翻山越岭，走了一天一夜又半天，第二天下午到了太平街。激战半天，将守敌一个营击溃，敌人逃得仓促狼狈，连通关岭的电话都没拆走。我们伪装成敌人从电话中和关岭城里的敌人"取得了联络"，得悉关岭、安顺一线驻守着滇军 1 个旅。为侦察和以宽大正面防御抗击敌人，第二天拂晓，第二营（缺 1 个连）及团侦察排主动由太平街向铁索桥方向前进。在距太平街约 30 里处和关岭方向的来敌遭遇了。我二营依山抗击，与敌人对峙起来。敌人的行动，正如事先所料，企图由关岭到兴仁截击西进的我军。我们即采取了宽大正面的防御阻击敌人，敌人摸不清我们的实力，不敢轻举妄动，直到第四天拂晓，接到彭军团长电令：我军已全部渡过北盘江，要我们立即撤退，迅速通过兴仁一线，尾随军委纵队行进。

我们如释重负，把部队撤下，取捷径走小路急奔兴仁城。在兴仁会合了在此掩护我们的军委干部团一个连，并和我团第一营会合，被敌人截断的危险也解除了。在兴仁附近休息了两小时，大家吃得饱饱的，然后又踏着星光照着的崎岖山路，尾随着主力继续向云南挺进。

　　我军胜利渡过北盘江后，连克贞丰、兴仁、安龙、兴义等县城，打开了进入云南的宽广道路。除原留乌江以北的红九军团在滇、黔边牵制敌人外，红一、红三军团为前锋，兵分两路，浩浩荡荡直扑云南，翻山渡水，攻城拔寨，势不可当地又连克沾益、马龙、寻甸、嵩明等城，向昆明迫进。云南军阀龙云半个月前就把主力调去增援贵阳，而今自己的老巢反朝不保夕，便急忙四处调兵援救昆明。

　　我们十一团尾随军团主力，于4月下旬顺利地到达水城后，奉命沿公路向平彝（今富源）方向前进10里，阻击来自贵阳的敌人，掩护军团主力继续西进。这天敌出动飞机数架，对我军滥施轰炸。由于我们军团处在山地防御，又加上敌机投弹不准确，不敢低飞，只是军团直属队在白水城附近受了一点损失。军团政治委员杨尚昆同志也负了伤。

　　我们阻击的敌人，是从贵阳来的中央军1个师，他们进攻的战术是：炮火轰击，轻重机枪扫射，占领一个山头后，小心翼翼搜索前进。而我们则采用了宽大正面的运动防御战术，在正面三四里宽、纵深约10里长的山岳地带，布置了四道防御阵地。敌人炮轰，我们隐蔽在野战工事和山崖里不动，等他们上来了，一阵猛烈的火力杀伤，继之以反冲锋打垮进攻之敌。如此反复数次，每一阵地打个把钟头，然后主动转移阵地。从早晨打到下午3点钟，敌人才前进了13里路，占了空空的一座白水城。

我们完成任务后，急行军脱离了敌人，尾随军团主力继续向昆明逼近。从白水城出发，一路上谈谈笑笑，战士们说："仗越打越巧了，中央军一个师，也没拔掉我一根毫毛！"

我军逼向昆明的行动，使云南全境震动，滇军不得不急忙往昆明集中。这就给了我军北渡金沙江的很好机会。于是，我军以一军团继续向西疾进，连克禄劝、武定、元谋，并在昆明通向四川大道的主要渡口——金沙江南岸的龙街，佯做积极渡江的姿态。手忙脚乱的蒋介石，一面亲赴昆明督战，一面急调薛岳、周浑元等部中央军和滇、湘军阀部队，向元谋追击，企图歼灭我军于元谋地区。

这时，我军主力在昆明附近突然兵分两路，向西北转进，直趋金沙江。我三军团为右纵队，直奔洪门渡渡江；军委参谋长刘伯承同志率干部团猛扑皎平渡渡江；红五军团殿后打掩护。此时原留在乌江以北活动的红九军团，在贵州、云南边境击溃黔敌5个团，完成了牵制任务后，亦乘胜进入了云南，在主力渡金沙江的同时经会泽附近渡过了金沙江。

红三军团以十三团为前卫，前往洪门渡夺取渡船，架设浮桥。我们十一团为军团后卫，经过寻甸，渡过普渡河，正向洪门渡前进时，夜晚接到军团首长急电：军委干部团已完全控制皎平渡及渡船；我十三团亦自洪门渡渡过了金沙江，但因该处水流湍急，架设的浮桥被洪水冲垮，军委令三军团主力改由皎平渡过江。令我们改后卫为前卫，急速向皎平渡前进。

经过半天的急行军，下午4点钟左右，我们翻上了金沙江南岸的大山，望见江水滚滚东流，两岸陡峭的岩石，把金沙江夹在脚下。江中七只渡船，穿梭在江上像七条大鱼似的南北往返。两岸山坡上满是部队、马匹和行李担子。大家兴奋极了！到处是歌声和欢笑声。

我们正在山上休息，准备下一步渡江，这时军委传来命令，要我速带一个营和侦察排、电台先渡江，到北岸渡江司令部军委周恩来副主席处受领任务。

我率第二营和团侦察排来到了江边，渡口七只船全让给了我们先渡。一上岸，便见到了周恩来副主席和彭德怀军团长、杨尚昆政委。周副主席关切地问了部队的情况后，简要地讲了一下整个战局，分析了当前的敌情，然后授予我们任务：沿着江北岸西进，迅速到达元谋以北、姜驿以南的龙街渡口，阻击沿昆明通川康大道向北追击的敌人，掩护我军渡江后在会理稍事休整随即跟进。同时，要我们沿路注意联络南岸一军团的部队，并转达军委令他们改变从龙街渡江的计划，火速赶到皎平渡渡江的命令。因为军委自一军团由元谋、龙街之线折回后，已和他们失掉了无线电联络，无法直接传令给他们。

黄昏前，我们完成了政治动员和军事准备工作后沿着金沙江北岸的羊肠小道，翻山爬崖，溯江而上。歌声、笑声伴随着金沙江哗啦啦的流水声。大家一面在艰险的山路行进，一面两眼不住地望着对岸。

走到半夜，哗哗地下起雨来。山路更加难走了。跌了跤的同志咒骂起来："这鬼天气，真是个反动派！"也有的故意开心说："真凉快呀，洗澡不用打水了。"真是各有各的感受，各有各的乐趣。我们的战士，什么时候都表现出不怕困难、不怕吃苦的革命乐观主义精神！

下半夜雨过天晴。我们刚到达鲁车渡，忽然望见对岸出现了一长串火把，犹如一条火龙，摇头摆尾，顺江而来。我们断定是红一军团的部队，立时拥到江边呼喊起来。但江宽水吼，又是漆黑的天，他们怎能看得见、听得出呢？于是便集合几个司号员一同吹起联络号，对岸也吹号回答是红一军团第一师的部队。我们遂用集体喊话的办法，把军委命令红一军团火速赶到皎平渡渡江的命令传过去。于是，对岸又点起了火把，火速向东赶往皎平渡而去。我们也燃起火把，两条火龙在夹江两岸，来了个空前壮观的火炬大游行。

天亮以后，我们在鲁车渡附近江中找到了一只小船，把红一军团野战医院院长戴胡子率领的一批伤病员接过江，又继续沿江向川、滇大道的姜驿城前进。

姜驿是会理的一个分县，城里仅有一小部分反动民团。

我们的侦察排乔装成敌人大摇大摆地混进了城，活捉反动县长和100多个团丁。从俘虏口中得知，两天前四川军阀刘元瑭师的1个团从江边和姜驿撤回了会理。我们通过了姜驿城，于黄昏前赶到了龙街渡口对岸的河边村，我们沿江北岸构筑了野战工事。活动了两天，没见对岸有敌人的动静。第三天下午，一部分敌人才到龙街，少数侦察部队到江边观望，被我们一阵射击，就逃之夭夭了。他们没有红军夺船过江的本事，只好隔江兴叹。

四天后，我大军已全部胜利地渡过金沙江，并在会理地区休整后主力已继续北进。军团首长令我们急速撤回，到会理附近归还军团建制。

我们当晚在村边点起了灯火，虚张声势一番，然后悄悄地离开了河边村，沿着大道北进，星夜赶到了会理，归还建制。

为迷惑敌人和掩护我军主力在会理附近休整，我红三军团根据军委命令，以积极的进攻行动，把四川军阀刘元瑭一个师团围困在会理城内，从而使我军主力在经过短期休整之后，得以从容地继续北进，经德昌、西昌、泸沽、越西、冕宁一线，直达天险的大渡河。

从会理到大渡河行程2000余里，我军沿途几乎没遇到敌人大的抵抗。我们是军团的后尾，一路上晓行夜宿，唱着"金沙江的流水哗哗响，常胜的红军胜利地渡过江，蒋介石吓得大惊慌，帝国主义弄得没主张"的胜利渡江歌。由于先头兄弟部队做了许多群众工作，我们每到一地，像进入老区似的，不论大村小镇，群众纷纷主动帮助我们带路，抬担架，运输物资，并积极协同我军地方工作组打土豪，自动参加红军的人到处都是。特别是过了西昌，进到汉彝族杂居的地区，群众拥军、参军的情形更加热烈。在当地国民党反动政府残酷压迫下，劳苦人民过的简直是非人的生活，彝民妇女只围一片烂布，男人整个赤着背，孩子们几乎是全光着屁股。红军一到，开仓分粮，救济贫穷的百姓，群众人人都称呼我们为"红军大恩人"。

我军北上通过西昌后，即兵分两路，直扑大渡河。红一军团第二师一部，在大树堡（会理通成都的主要渡口）佯渡，我军主力则经泸沽、冕宁到安顺场强渡。通过彝族地区时，刘伯承总参谋长按党的民族政策，同彝民兄弟歃血为盟，取得兄弟民族的支持，顺利地为我军开辟了前进道路，一时传为佳话。我们团在通过西昌后，奉命到大树堡接替二师的佯攻任务，日夜砍树扎筏，虚张声势以迷惑牵制敌人。

当我一军团第二师于安顺场渡过大渡河后，由于渡船太少，又不可能架桥，不利全军渡河，因此军委令一师为右纵队，配合我军主力沿大渡河溯江北上，抢夺天险的泸定铁索桥。军团首长令我们火速经安顺场到泸定桥过河。

安顺场是太平天国石达开最后失败的地方，蒋介石幻想历史会重演，一面调四川军阀刘湘、杨森、刘文辉等部沿江北设防堵击和固守泸定桥，一面调他的中央军和云南军阀部队兼程追击，企图歼灭我军于安顺场地区，然而这一切又是白费心机，终成幻梦。

从安顺场到泸定铁索桥，沿路都是崇山峻岭，我们沿着大渡河的西岸，日夜疾进，大渡河水的惊涛骇浪犹如万马奔腾。水流的吼声，唤起了我们深沉的回忆：遵义、赤水河、扎西、娄山关、乌江、北盘江、金沙江——我们经过的这些令人难忘的地点和河流，那些艰苦残酷的战斗场景，那些英勇顽强的战士们，又一幕幕地浮现在眼前。

由于自安顺场渡河的我军右纵队沿大渡河东岸溯江而上，使我军不仅可以从东西两岸夹击泸定桥，更重要的是，使敌人错误地以为自安顺场渡河的是我军主力，并要夺取雅安，间接威胁成都，因而，敌人不得不将原守泸定铁索桥的主力东调雅安、成都之线增防。这就大大地有利于我左纵队先遣团——红一军团第二师四团从大渡河西岸抢夺泸定桥。

一天下午，我们赶到了泸定桥。这是成都通康定的咽喉，两岸绝壁，水流湍急。用九条碗口粗的铁索，排列成一条横贯东西的桥梁，上铺木板，左右两面各列两根铁索做扶手，我军先头部队到达时，守桥敌人已将铁索上的木板抽走仅剩下几根铁索了。然而，这怎能挡得住我们英勇无敌的红军呢！22个英勇战士打先锋，夺取了这座天险。

我军飞渡大渡河后，乘胜继续北进。经化林坪，从二郎山旁翻越过行人绝迹、野兽成群的万山老林——比二郎山还高的抱桐岗。6月初，于天全河击溃四川军阀杨森部6个旅的堵截，占领天全、芦山。继而经宝兴翻越邛崃山脉，越过终年积雪的大雪山——夹金山，就在夹金山下，红一方面军与红四方面军的先头部队胜利会师。

喜讯从夹金山迅速传遍全军。同志们欢喜地跳起来。有的在行军中就开起庆祝大会来。一时欢呼声、口号声、凯歌声从山下到山上，像山洪暴发，震动山谷。宣传员写的鼓动诗，也在行军行列中朗诵：

工农红军钢铁样，
强渡天险扬子江。
两大主力大会合，
北上抗日敌发慌！

冲破天险乌江

杨得志

1935年1月2日，我们红一团奉命从余庆赶到乌江渡口——回龙场，准备强渡乌江。那天天气不好，雨雪交加，寒风凛冽，但部队情绪很好。从侦察得来的情报知道，江对岸有当地军阀侯之担的一个团防守。他们企图凭借天险——乌江堵住我们，以便等待追赶我们的中央军到来，形成合围的局面。就我们红军来说，突破乌江不仅可以直取贵州的遵义，还可以把追敌甩得更远一些。侯之担的部队战斗力不强，但地形对他们十分有利，加上他们又以逸待劳，我们要想突破敌人这条防线，确非轻而易举的事。

乌江江面并不太宽，但水深流急，滔滔江水翻着白浪，呼呼地吼叫声回响在两岸刀切般的悬崖峭壁间，震耳欲聋。别说渡过去，就是站在岸边也会给人一种颠簸不宁的感觉。

为了加强火力，渡江前军团配给了我们几门37毫米小炮。可是我们团的前卫营一踏进浅滩，敌人就开了火。我们立即组织火力，压制敌人，与此同时，对敌人的火器和兵力配备情况进行火力侦察。不一会，我们的 37 毫米小炮就对着敌人山顶的制高点开火了。我们清楚地看到，连轰几炮后，敌人掉头就跑，纷纷钻到山后去了，敌人的战斗力确实不强。但我们的目的不是击溃他们，而是要渡过江去。怎样才能达到这一目的呢？

我和团政委黎林同志一起来到附近的村庄，别说没有船，就连一支桨，甚至一块像样的木板也难以找到。船渡、架桥显然是不可能的了。凫水呢？湍急汹涌的波涛将毫不费力地把你吞没……

作为先遣团长，突破乌江的重要意义我十分清楚。当时，被我们甩掉的敌主力部队数十万人已经紧追上来了。中央红军的领导机关和所有的部队，都集结在乌江西岸。而担任突破乌江任务的，只有红四团和我们红一团。中央领导同志和全军的战友们都在等待着我们胜利的消息。时间就是生命，时间就是胜利。我和黎林同志商量后，立即命令部队组织力量，分别到沿江附近的村庄，一面继续设法收购船只、木料，一面走访老乡，向他们请教渡河的办法。

哪知，一问老乡，反而增加了我们的顾虑。那些老乡都说，渡乌江一定要有三个条件：大木船、大晴天，加上熟悉水性、了解乌江特点的好船夫。可是眼下，我们一个条件也不具备不说，对岸还有守敌在阻击。

"怎么办？"当派往附近村庄的同志空着双手回来的时

候，我望着旁边正在发愁的黎林同志，心里十分焦急。

风和浪还在呼呼地号叫着，简直分不清哪是风声哪是浪声；雨雪还是一个劲地下着，好像越下越大。冷呀！风雨中我和黎林同志在浅滩凹处踱着步子，观察着翻腾的江水，注视着对岸的敌人，苦苦地思索着。可想法一个一个冒出来，又不得不一个一个被否定掉。

已经是下午了，还是没有想出什么妥善的办法。敌人呢，看到我们炮击后再也没有动静，他们又重新返回原来的阵地上，向我们射击、打炮。我正想拿望远镜看看对岸山顶上敌人的情况，忽然发现江中漂着一样东西，仔细一看，原来是一节很粗的竹竿。它漂在江心，随着风浪的冲击起伏着，旋转着。尽管一个一个浪头淹没了它，浪头一过，它却又顽强地浮出了水面。看着这一起一落的竹竿，我兴奋地拉了拉身旁的黎林同志，指着江面说："你看！"

黎林同志顺着我指的方向一看，飞快地瞥了我一眼，说："扎竹排！"

我点点头，抹了一把脸上的雨珠，拉着他向部队集结的村子跑去。我们同大家一商量，大家都说这个办法好。因为乌江边的竹子很多，材料是绰绰有余的，于是，同志们一齐动手，不一会便找来了许多干的、湿的、粗的、细的、长的、短的竹竿。然后七手八脚地你捆我扎，没有麻绳用草绳，没有草绳剥竹皮，最后连绑腿带也解下来用上了。大约三个小时，便扎成了一个一丈多宽、两丈多长的竹排。这一来，大家的情绪更高了。战士们纷纷争着报名，要划第一只竹排冲过乌江去。

我们从前卫营挑选了8名熟悉水性的战士，由他们先行试渡。八位战士，每人都配足了武器弹药。没有木桨，就用经过挑选的竹竿和木棍代替。傍晚时分，十几位同志在风雨中将竹排推到浅滩的水里。

对岸，敌人的阵地上一片漆黑，但稀疏的枪声一直不停，蓝色的幽光鬼火似的闪动着。这时，我们的8位战士跳上了竹排。黎林同志又一再嘱咐他们，要沉着，要团结一致，到达对岸后，马上鸣枪两响，作为联络信号。

竹排缓缓地离开浅滩。江边所有人的眼睛都紧紧盯着他们，竹排和8位战士带走了全团同志的心。

10米，15米，竹排艰难地冲过一个险浪又一个险浪，又前进了几米。突然，竹排像被抛出了水面，一个小山似的浪头向竹排猛扑过去，竹排被江水吞没了。我感到身上在出汗。还好，竹排又从水中冒出来了。好险呀！我从望远镜里模模糊糊地看到，上面还是8位同志，他们仍在奋力地向前划。我为有这样勇敢的战士而感到骄傲。可是，竹排突然停住了，像是碰到了礁石，又好像被卡进了什么地方，耳旁，身边的风雨声似乎也听不到了。然而，静下心来仔细一看，竹排并没有停住，只不过是比开始时稳定得多了。尽管激浪此起彼伏，漩涡一个接着一个，我们的竹排，系着全团指战员心愿的竹排，依然在继续前进着。20米，30米，又是10

米。真难啊!

竹排同激浪搏斗着,我们岸上的人同竹排上的 8 位勇士一样紧张,每一个浪头,每一次颠簸,都像冲击在我们的心上。

我心中暗暗地为竹排上的同志加油,恨不得飞过去助他们一臂之力。我多么希望能尽早听到对岸山脚下响起自己同志的枪声啊!但是,我们的勇士还在江中搏斗着,搏斗着……

大约又过了两三分钟,岸上的同志突然有人"啊呀"地大叫了一声,我急忙举起望远镜,隐隐约约地看到,竹排在江心中好像斜立起来了,它披着白色的浪条,上面却不见一个人影。我们的 8 位勇士呢?汹涌的江水,刹那间把竹排推倒,迅速地冲向了下游。几个黑点在浪涛中时闪时现,不一会,完全埋进了漩涡。

岸上的喧嚷声一下子停下来。江水的吼声代替了同志们对战友们的呼唤……

风还在刮,雨雪还在下。黎林同志和我并肩凝视着恶浪翻滚的江心,一句话也没说。此时此刻又能说什么呢?我们两个人痛苦地度过了几秒钟,但总觉得这时间很长,很长。

"一定要渡过去!"我们把继续渡江的任务交给了一营营长孙继先同志。

战士们并没有被刚才的不幸吓倒,都争先恐后地向营长请求任务。平静的江滩又开始活跃起来。孙营长好不容易才说服了大家，然后挑选了十几名战士。他们的装备和渡江工具与方才一样，不同的是渡江的起点换到下游几十米处水流较缓的地方了，竹排上又增加了几个扶手。

渡江又开始了。十几位战士跳上竹排。孙营长激动地说出了大家的心里话："同志们，一定要渡过去，就是一个人，也要渡过去！全团的希望就在你们身上！"

"放心，我们会过去，我们一定能过去！"一个战士大声地回答。

"前进！"孙营长低声而有力地命令道。

天黑得像锅底，连近在眼前的东西也看不清。竹排离开浅滩，起先还能听到竹片打在水面上发出的"噼噼啪啪"声，随后这声音越来越小，渐渐地连这响声也听不清楚了，只有呼号的寒风从耳边掠过。虽然伸手不见五指，同志们却依然瞪着大眼，默默地注视着东岸。

大约过了半小时，前面仍然没有一点动静。我感到肩上像压着千斤重担似的，内心十分焦急。如果这只竹排再出了问题，天亮了，一切都暴露在敌人的眼下，那……

"乓！"一声枪响，把我从沉思中惊醒。抬头望去，只见火光是从对岸山顶上飞出来的。很明显，这是敌人放的冷枪，而不是我盼望的联络信号。我摇着头，深深地吸了一口气。

"乓！乓！"是两枪。

黎林同志疾步走到了我的身边，但是没有讲话。

"乒！乒！"又是两枪！

"老杨，两枪，是山下响的！"黎林同志立刻惊叫起来，他是很少这样激动的。

"啊！是我们的！"我简直无法控制内心的喜悦。"是的，是我们的，开'船'！"我兴奋地一面继续望着对岸的山头，一面向孙营长下达命令。早已整装待发的另一只竹排，弦上飞箭似的出动了。几乎同时，我们的机枪、步枪、37毫米小炮一齐开火，竹排在密集的炮火掩护下破浪启程了！

不多久，只见对面山顶上红光闪闪，红光中夹杂着"通通"的音响，听声音我知道那是手榴弹在敌堡中爆炸了。也就是说，我们的勇士已经登上了敌人的山顶。接着，我们又听到步枪、机枪吼叫起来，爆炸声、喊杀声混成了一片。

"老黎，成功了！"我兴奋地拍着政委的肩膀。手掌拍在黎林同志的棉衣上，溅起了点点水花。"噢，你身上全湿了。"我说。

"你不是也一样吗？"

黑暗中我听到黎林同志在笑。我抓住他的手，激动地说："走，坐排子过去！"

我们借着江岸闪动的红光，顶着风，冒着雪，披着雪粒和浪花，行进在烈马般的乌江江面上！

天险乌江终究被我们突破了。

我和黎林同志过江后，立即组织部队攻山，以猛烈的火力、快速的动作占领了全部阵地。

每当我想起乌江，眼前便现出那 8 位勇士的英姿。是啊，他们同奔腾咆哮、力劈山崖的乌江一样，将永存于世。乌江的浪涛声是人民怀念自己的英雄儿女所发出的呼唤，也是英雄们希望和激励后人所发出的嘱托！

横渡乌江中的红一师工兵连

陈正峰

1934 年底，我在红一军团红一师工兵连任连长。当中央红军进入贵州后，中共中央政治局在黎平召开会议，接受了毛泽东的正确意见，放弃到湘西与红二、六军团会合的计划，决定向敌人力量薄弱的贵州进军，建立以遵义为中心的川黔边新根据地。为了实现中共中央政治局的战略决策，中央红军必须赶在敌军前面抢渡乌江。我们连的任务就是在袁家渡渡口架设一座浮桥，保障部队横渡乌江。

现地侦察回来，我们开了个骨干会，讲了任务的重要性，介绍了初步侦察的情况。经过研究后，决定将连队分成砍伐组、破竹篾组、编竹绳（缆绳）组、捆扎竹排组，并且要求捆扎竹排组将捆扎好的竹排运到江边。开完会后，各组立即进行作业准备。当时，我觉得架桥点地势险恶，对江河的水文和两岸状况还不十分清楚，对岸究竟有多少敌人也摸不准，又需要进行夜间作业，因此情况十分复杂，任务十分艰巨。同指导员商量后，我又带上三位排长再去现地侦察。我们四个人从山崖上，顺着弯弯曲曲、陡峭崎岖的山路，摸黑冒雨往山下走。到了半山腰，我们蹲下仔细观察，发现对岸山脚下有一个窝棚，点着一盏灯。窝棚前有两名敌兵在警戒放哨，棚侧隐约可见一条小路通上山崖。我们继续悄悄地往下摸，眼看脚下几米之外就是咆哮东去的江水，在夜色中熠熠闪烁着微光。右边卧着一块巨大的顽石，左边山岩嵯峨，乱石满地，地形非常复杂。我和三位排长商量确定：一排是战斗警戒排，有作战经验，有 30 多支枪，个个身强力壮。由一排挑选 3 名有操舟技能的战士组成战斗小组，偷渡过去，活捉敌哨兵，了解对岸敌情。待到战斗小组过江以后，全排马上抢渡过去，摸上山崖，干掉堡垒里的敌人，然后担任警戒。战斗小组渡江时，一排隐蔽在大石头后面监视敌人哨兵，掩护偷渡。擅长木工的二排和擅长土工的三排，分别担任砍伐竹材和加工制作浮桥器材的准备工作。统一意见后，我们立即摸回连队，做了安排。

晚饭后，一排战斗小组开始渡江。只见竹筏到了江心后，不管战士们怎么用力划水，竹筏总不见往前移动，却反被推回岸。据划竹筏的战士说：江太深，竹篙撑不到底，水太急，流量又大，划不动，所以竹筏被冲了回来。他们个个精疲力竭。于是，我和一排长又另外挑选了几名战士，进行第二次偷渡。筏到江中，三摇两摆，还是过不去，又晃回了岸。这时，我急了，跳上竹筏，亲自带领战斗小组，撑着竹筏过江。人坐在竹筏上，就像骑上了一匹狂奔的野马，颠簸得很厉害，随时都有被颠翻的危险。好不容易将竹筏划到江心后，不管怎样使劲往前划，却再难前进半步，最后，竹筏又被汹涌的江水冲了回来。我们不甘心，继续组织偷渡。天快亮时，连人带竹筏一起，被冲走了，只好停止偷渡。被冲走的竹筏上的同志，直到翌日午后才回到连队。

次日中午，团长的通信员又来了，通知我连立即转移到下游回龙场渡口架设浮桥。我和指导员马上召集排长们开会，决定将全连分成两个大组，连部人员和炊事员、伤病员等，从陆路翻山奔向渡口，其他人员按每两人一个竹筏往下游漂。行动前，指导员匡堂文再次做了动员，全连精神焕发、士气高昂。我带领尖刀组率先出发探路。竹筏顺流随着湍急的江水，直冲而下，在弯弯曲曲的河道里横冲直撞。突然，竹筏径直向岸边的弧形石壁撞去，我惊得急忙举起竹篙。如果撞在石壁上，肯定要人仰筏翻。可是，竹筏到了石壁附近，却骤然停止前进，在原地旋转起来并向下沉，江水很快漫到膝盖上。我们奋力撑住石壁，使竹筏离开漩涡中心，但很快又被漩涡卷回原处，情况十分危急。我们几个人齐心协力，拼命挥篙，经过几次反复，竹筏才漂出漩涡，直奔下游而去。竹筏转过河湾，就看见前方河滩上有不少部队，江中只有一条船在渡送部队过江。我们的竹筏靠岸后，我立即爬上峭壁，指挥后续的竹筏顺利通过漩涡，停靠在回水滩里。那天上午，前卫营已经强渡过江，驱走了对岸据险扼守的敌人。此刻，渡口两岸已完全在我红一团控制之下。

回龙场渡口，河床宽约250米，水很深，流速大，水面近100米宽。待我们把架桥器材从袁家渡运到这里时，天已经一片漆黑了。为了保证大部队迅速过江，我们连顾不上休息，立刻展开了架桥作业。

架桥时，我们采用了张钢架设法。首先将铁丝拧成钢索，然后将钢索的一端拴在我岸峭壁的大石头上，将另一端牵引到对岸，也拴在巨石上，并固定到树干上。这样，一条钢索便横跨在乌江江面上。有了这条钢索，就可将竹筏定向定位，固定在桥轴线上。这时，待命的竹筏，随着号令，按顺序一只只各就各位，工兵战士们迅速将筏拴到钢索上，再让筏漂到桥轴线的预定位置，利用桥桁把相邻的竹筏连接成一节节桥节门桥，再用加工好的竹板作为桥板，铺好和固定牢。全连指战员都知道隐蔽在江边的千军万马正在等待过江，因此，个个冒着刺骨的江风和冰冷的江水，不畏艰辛，努力作业。特别是共产党员和共青团员，哪里有困难，哪里有危险，哪里就有他们的身影。经过紧张的搏斗，回龙场浮桥架设成功了。隐蔽在岸边的红一师指战员成一路纵队急速地踏上浮桥，跨过乌江。上级命令我连留一个班担任警卫，其余随主力往湄潭方向进发。还未到湄潭，在浮桥留守的那个班就赶上来了，他们说浮桥已移交给了后续部队。

回龙场浮桥的架设成功，保障红军克服了乌江天险，先敌跨过乌江，进占遵义。

奔袭通安州[*]

宋任穷

  1935 年 3 月中旬，干部团随中革军委行动，四渡赤水，南渡乌江。4 月下旬，我军进至昆明城下，国民党云南方面，因滇军主力东调，十分惊慌，只好以民团守城。

  在向云南进军的路上，毛泽东同志有时随我们干部团一起行动。一天，他骑在马上在雨中徐徐而行，对陈赓同志和我说："现在，我们先后把敌人的主力吸引到了贵阳和昆明，这便于我们采取突然行动，神速地抢占金沙江渡口，全军渡过金沙江，把敌人甩得远远的。这几天的雨下得不好啊！河水上涨，怕要影响我们渡江哩！"

  这个时候，我们才知道党中央和毛泽东同志关于我军甩掉敌人，抢渡金沙江北上抗日的战略意图。当时，国民党已集中 70 个团以上的兵力向我追击，而金沙江两岸敌兵空虚。

---

 * 本文原标题为《忆红军长征中的干部团》，收录时做了适当修改。

我们对党中央和毛泽东同志的正确决策很拥护，对毛泽东同志用兵的高超艺术十分钦佩。

4月29日，中革军委发出了关于我军速渡金沙江的指示。根据中革军委指示，我主力利用当时的有利时机，即挥戈北指，分兵左、中、右三路，平行向金沙江疾进。一军团在左，经武定、元谋抢占龙街渡；三军团在右，抢占洪门渡；中央军委纵队居中，抢占皎平渡；五军团仍然殿后掩护。

5月2日，中革军委总司令部指示：令总参谋长刘伯承同志率干部团一个营及工兵带电台一部，"赶于4日上午到皎平渡架桥"；三军团十三团，"亦限4日上午赶到洪门口架桥"；一军团先头团，"限4日午前到达龙街"，并伪装成敌军抢占渡河两岸，抢获全部渡船。

皎平渡位于四川会理县和云南元谋县交界的地方，是金沙江的重要渡口之一。干部团的同志们知道，这一仗至关重要，是关系我军安危的一次战斗。我们刚刚赶到云南禄劝县北部的一个小山村里，周恩来副主席和刘伯承总参谋长一起来到干部团，非常详细、具体地制订我团抢渡皎平渡的计划。

我和陈赓同志商量，以三营为先遣营，我同刘伯承同志一起随先遣营行动，任务是当天急行军160里，用一切办法抢占皎平渡渡口，消灭驻守敌人，迅速收集沿江船只，组织架桥，以便后续部队强渡。陈赓同志率2个步兵营、1个特科营和上干队为后梯队，当天，行军百里左右，即在中途宿营，以保持体力，准备第二天渡江后继续前进。他们的任务是抢占渡口以北 40 里的通安州，消灭四川西昌、会理方向可能来犯之敌，掩护中央直属部队和五军团渡江。当天，全团指战员集合，我们向部队做了简短、有力的政治动员，要求大家保证按照党中央和毛泽东同志的战略意图，以及周恩来同志的指示，坚决完成任务。同志们都清楚这次战斗对我军生死攸关，一致表示将不惜牺牲生命，去夺取胜利。

先遣营和后梯队同时出发。为了争取时间，出敌不意，先遣营一律去掉帽徽等红军标记，伪装成国民党部队，翻山越岭，高强度急行军。对于沿途遇到的国民党地方武装和民团等，都全部应付过去，留待后续部队去消灭他们。

傍晚，我们到达离江岸渡口五六十里处，这个地方叫沙老树，在这里稍做休息。路不好走，想找个向导。我们三营战士佯称国民党军队，抓到了一个肥头大耳的大胖子。

"你是干什么的？"我三营战士问他。

他说："我是区公所的。靖卫团（地主武装）的团总让我到江边送命令，为了防备共军过江，把渡船都烧掉。"

这个情报很重要。三营马上派人把这个大胖子送到刘伯承同志和我这里。大胖子向刘伯承同志鞠了一躬，毕恭毕敬地说："长官，从哪里来？我是区公所的秘书。"

伯承同志说："红军快来了，我们要赶到江那边去！"

大胖子说："红军虽然离这里还远，为了防备红军在这一带渡江，我刚接到上级命令，把我们沿江所有船只全部迅速烧掉，以免被红军利用。"

我们急忙问："烧船的命令发下去了没有?""船烧掉了没有?"

他说："还没有。我正要去江边办理这件事，命令还在我手里呢。"

我们问清情况后，就明白地告诉他"我们就是红军，现在就要船"，要他把船交给我们，并且严正警告他："要是渡口少了一只船，拿你是问!"

这个胖家伙霎时大惊失色，呆若木鸡，我们命令部队押着他一起走。

当地群众深受国民党反动政府和军队的盘剥，对他们恨之入骨，我们稍做工作，便纷纷主动向我们提供情况，还给了我们许多帮助。从他们口中，我们得知，渡口对岸只有厘金局，还有个保安队，不过几十条枪。一个连的兵力就足以收拾他们了，过多的部队反而施展不开。群众还告诉我们，皎平渡渡口南岸正停着两只木船。这个消息使我们很高兴。

刘伯承同志立即命令先遣连轻装前进，猛扑江岸，不惜一切代价夺取船只，控制渡口，强行渡江;三营的其余2个连和工兵连就地做饭，随后迅速跟进。

约半夜12点，三营政治委员罗贵波和副营长霍海元同志率先遣连抢占渡口成功，立即利用找来的两只船，把1个排送到江北岸。我先遣连渡过金沙江，赶到对岸厘金局时，里面正在砰砰啪啪打麻将，根本想不到红军已经过江来了。当地群众领头去叫门，说是来纳税的，他们正玩得热闹，里面有人吆喝道："深更半夜来纳税，不开门，明天来！"群众向来十分痛恨厘金局，上去一脚把门踢开，我们的人冲进去，缴了保安队的枪，没收了厘金局的全部税款，完全控制了渡口两岸。我军干净利索地抢占了皎平渡渡口，无一伤亡。

得到先遣连占领渡口、消灭敌人的报告时，刘伯承总参谋长同我正骑在马上，在黑夜里行进。他一边走，一边极其兴奋地对我说："同志们今天走的这个路程是160里。这样难走的山路，又是黑夜，人一天怎么能走这样的160里哪？可是，我们走到了，不仅走到了，还过了一条江，打了一个胜仗，消灭了敌人！其所以能够如此，靠什么？主要靠政治，靠同志们的高度政治觉悟，靠我们的党，靠毛泽东同志的正确领导，靠群众。没有这些，就根本做不到！你说是吗？"

我们边走边谈，很快到了皎平渡渡口。这时已经天亮，我们除了向通安州方向派出前哨连执行警戒任务外，便立即发动群众赶快收集沿江船只，一共找到7只船。以后全军就靠这7只船渡过了金沙江。

干部团先遣营夺取金沙江皎平渡渡口是艰苦紧张的，陈赓同志率领的干部团后梯队主力夺取皎平渡以北40里的通安州，也是极其艰苦、紧张的。

通安州是一个不大的山地集镇，居高临下，形势十分险要。占据这个高地，就可以直接控制住皎平渡渡口。另外两个渡口——龙街渡和洪门渡的船只都被敌人烧掉，那里江面较宽，又有敌机轰炸，无法进行架桥。我军不能从这两个渡口渡江，全军都将由皎平渡渡江。因此，夺取通安州成为保证全军安全渡江的关键一战。

刘伯承同志命令：不惜一切牺牲，必须坚决把通安州拿下来，保证全军安全渡江。

这时，我们还没有搞到7只船。为了迅速奔袭通安州，部队来不及休息，便立即组织分批抢渡。干部团除留先遣营防守渡口外，大部分主力部队由陈赓同志指挥，渡江后强行军向通安州进发。

从江边到通安州，只有一条很陡很窄的山间小路。陈赓同志带领干部团在进占通安州的中途，遇到一些零星敌人袭扰，敌人在山头上向我部队不时打冷枪，并推大石头往下砸，冲在前面的同志，有的中弹牺牲，有的被大石头砸伤。后面的同志机警地贴着峭壁、死角躲闪跃进，终于冲了上去。

一到通安州，我们便与刚从西昌、会理方向赶来的国民党军队遭遇。敌人有1个旅共2个团和1个迫击炮连，由旅长刘元瑭亲自指挥。而我军只有1个团，敌我兵力悬殊，双方都力图抢占通安州。于是，在通安州山顶小镇上，打了一场极其激烈的遭遇战。先头部队一打响，刘伯承同志估计到形势严峻，为确保夺占通安州，立即命令我带领防守渡口的三营，火速赶到通安州，协同团主力一起战斗。

我们黄昏时分赶到那里。陈赓、萧劲光、毕士悌同志都正在紧张地指挥战斗。

由于敌人正面为开阔地、火力强，我们不便正面进攻。于是，我们决定二营在正面佯攻，把一营、三营调到右翼包抄迂回，攻击敌人的左侧。全团上下行动迅速，坚决英勇。经过拼命争夺，我们占领了小高地，连续向敌人冲锋，终于消灭了大部分敌人，生俘敌人官兵也相当多。敌人残部不支，向会理县城逃窜。入夜，我军占领了通安州。

通安州战斗的胜利，为我红一方面军安全渡江提供了有力的保障。在渡江指挥部的指挥下，全军利用 7 只船，经过九天九夜的连续抢渡，红一方面军的大部人马都从皎平渡过了江。

巧渡金沙江这一壮举，成为古今中外军事史上的奇迹。红军全部渡江以后，敌人的大队人马才赶到金沙江南岸，渡江船只已被我全部烧毁，他们只好望江兴叹。徒呼奈何！他们所得到的仅仅是几只烂草鞋！我红军宣传队还为此编了一个叫《烂草鞋》的戏，在部队演出。

从此，我军跳出了数十万敌人围追堵截的包围圈，实现了渡江北上的战略意图，取得了长征中具有决定意义的伟大胜利。

巧渡金沙江

萧应棠

遵义会议以后，红一方面军在毛主席领导下，在娄山关、遵义一带大败敌军，又南渡乌江、北盘江，浩浩荡荡向云南进发。进军途中，我们红色干部团一直担任着警卫中央机关和首长的任务。

干部团是在长征出发时由"公略""彭杨"两个军校合并改编的。全团有 2 个步兵营和 1 个特科营，另外还有 1 个上干队。学员除上干队的以外，都是从部队抽调来的一些朝气蓬勃、富有战斗经验的连排干部。

4 月的云南，天气已经很热，只穿一件单军衣还经常汗流浃背。白漂漂的水田里，一撮一撮的禾苗被风吹得摇摇摆摆，好像是在欢迎我们的到来。两边小山上，红花绿叶，树木丛生，蜜蜂嗡嗡地飞来飞去，真是一个迷人的春天。此时，我们的后面虽然仍有十几万追兵，但是谁都相信，毛主席一定会指挥我们摆脱敌人，走向胜利。部队一面观赏春色，一面前进，情绪很高。

　　一天晚上，大队在一个村子里宿营。半夜，我起来查哨，走到中央首长住的院子门前，看见里面还有灯光闪动。这么晚了，哪位首长还没睡觉呢？正在向哨兵询问，忽然从里面出来一个人，越走越近，走到跟前才看清是周恩来同志。我赶紧立定问道："副主席还没有睡觉吗？"他说："还没有。查完哨了吧？来，进来坐一会儿。"

　　这是一所地主的宅院，房子比较整齐。周副主席住的屋子里摆着几把古式的椅子和一张八仙桌，桌上摆着一盏半明不暗的油灯和几样简单的文具，另外还放着一个小纸包。墙上挂着一张大地图，看来，周副主席是在研究进军路线。在暗淡的灯光下，周副主席的脸显得又黄又瘦，眼睛也不如以前那么炯炯有神，唉！首长们劳累得厉害哪。

　　坐下以后，周副主席问我："你们五连还有多少学员？"我回答说："在遵义、土城战斗中伤亡了一些，现在还有120多人。"接着他又问到我连的行军情况、学员情绪、武器装备等情形，我都一一地做了回答。周副主席沉吟了一会儿笑着说："你们五连在遵义、土城打得很好，要保持这个光荣呀。"说完，他打开桌上的纸包要我吃饼干。我知道这是警卫员给他预备的夜宵，在当时能弄到几块饼干是非常不容易的，于是我急忙说："我晚饭吃多了，现在肚子还发胀呢。"周副主席把纸包推到我面前，再三要我吃，我只好拿了小半块，一边嚼，一边等着周副主席问话。但他仍像在考虑什么，一直没有说话，最后才说："好吧！不早了，休息去吧。"

从周副主席屋里出来，我心中猜疑不定：周副主席这样详细地了解我连情况，是随便问问呢，还是在挑选执行什么重要任务的对象？想到这里，我又后悔刚才没有大胆地问个明白。

第二天，学员们都抓紧时间清洁个人卫生和补充粮食。一些人围着支在院子当中的一口大锅烫虱子；一些人弄了些稻谷在碾米；有些人在补衣服；还有些人在擦枪、磨刺刀。我和一些学员坐在房檐下打草鞋，一面打，一面听着大家叽叽咕咕谈论着。一个学员说："后面敌人追得那么急，我们倒停下不走了，你看奇怪不奇怪！"他一说完，就有人搭腔："这有什么奇怪的，一定是等着跟他们打一仗，再不就是前面有大任务，需要准备准备。"又有人插嘴问："你说有什么大任务？是攻打昆明呢，还是抢渡金沙江?"这一问，没人作声了，都拿眼睛朝我看。我说："上级没指示，谁知道干啥呢。"

下午，准备工作做得差不多了，学员们三三两两地跑来问我怎么还不走。我心里本来就着急得不得了，这一问更觉得急躁。于是决定出去转转，打听打听消息。

这个村子倒挺大，有两三百户人家。绿油油的水田围着一所所竹篱茅舍，显得十分清静。老百姓的生活也还不错，比贵州强多了。少数民族群众也不少。但是由于国民党的造谣欺骗，每家除一些老幼妇孺以外，年轻男女差不多都跑光了。在一所小学校门前，一堆被风刮得乱飘的纸片当中，我看到一张云南省地图，心里一喜欢就捡了起来。过去打仗总是靠上级指方向，靠向导带路，连个东南西北也摸不大清楚，有了这张地图，虽然简单，却比没有强多了。从地图上看，我们要北上，一定要过金沙江。那里敌人的防守一定很严密，如果强渡，少不得又是一场大战。回来经过中央机关门前，看见人来人往，匆匆忙忙，像是在开会。虽然其中也有认识的，但也不好意思问。看样子，在我们长征路上，又出现什么新的重大问题了。

第三天上午，听说敌人追兵日益迫近，已经快形成包围态势了，但还是没有任何行动的命令。每个人的心情，都越来越不安。中午，我突然看见团部传令兵朝我们连里走来，我赶忙迎上去问："团长叫我们吧?"传令兵说："你怎么知道的?"我一听这话就知道是真的了，心里一高兴，拉着李指导员就往团部走。

屋子里坐满了人，除陈赓团长和宋任穷政委以外，还有几位认得和不认得的中央机关的负责同志。屋子里弥漫着旱烟叶子味，看样子正在开会。我俩进去后，陈团长以命令的口气说："中央决定我军北渡金沙江，并把抢夺皎平渡渡口的任务交给了我们团。我团决定以二营为先遣支队，你们五连为前卫连。你们的任务是：不惜一切代价，尽可能迅速地抢夺渡口，掩护后续部队渡江。准备好了马上出发!"他说完了又指着旁边一个穿黑衣服的同志说："中央派一个工作组和你们一同前去执行任务，这是组长李同志，由他统一负责。"我听了心里简直有说不出的高兴，急忙和李同志紧紧地握了握手，简单地商量了一下出发时间，便回到了连里。

部队进行了动员、轻装后，饱饱地吃了一顿饭，便沿着一条通往金沙江的小路出发了。我和副营长霍海元走在前卫排后面，指导员和工作组走在部队的最后。我连的学员们自从在遵义、土城打了漂亮仗以后，士气很高；又经过两天休整，恢复了体力，加上这次又担任了渡江先遣支队的前卫连，更是劲头十足。一路上虽然山路崎岖，有时候根本就没有道路，太阳又晒得汗水直流，但不仅没有掉队的，连叫一声苦的也没有。我们以每小时 10 多里路的速度，走了一个通夜。天亮以后，休息了 10 分钟，吃了几口冷饭，喝了几口冷水，一气又赶了七八十里。

队伍翻过了一座大山，离金沙江只有 60 来里路了，我们决定休息一下。趁这个时间，工作组的李同志和我们研究了抢占渡口的问题，决定一到江边，首先歼灭江这边的守敌，然后夺取船只，强行渡江。打垮或歼灭对岸守敌以后，巩固渡口，迎接后续部队过江。

我们快要抵达江边的时候，太阳已经落山。远远看去，乌黑乌黑的一长列大山横在前面，分不清哪儿是树，哪儿是石头。山前面，金沙江像一匹摊开的灰布，也看不清哪是河水哪是沙滩。山、河连接的中间，已经亮起了点点闪烁的灯光，像敌人的眼睛在窥伺着我们。谁知道敌人发觉了我们没有呢？可能已经在等候我们了吧？如果是这样也好，让我们见个高低。想着想着，已经快到江边了，我马上向后传出口令："前面就是金沙江，做好战斗准备！"

黑暗中，前卫排一排长忽然跑了过来，气喘吁吁地向我报告了情况。

原来在我们进入云南以后，敌人担心我军抢渡金沙江，所以连日来调兵遣将，在金沙江对岸几百里的防线上，控制了所有大小渡口，而且把所有的船只都掳过江去，断绝了江两岸的交通。皎平渡对岸的敌人，还不断派出便衣过江来探察情况。今天，过江来的探子们不知道是躲到哪里去抽大烟了呢，还是到哪里去敲诈老百姓去了，送他们的船一直等在江边。当我们前卫侦察组走到江边时，有一个船夫以为是探子们回来了，懒洋洋地问道："回来了？"学员们随机应变地说："回来了！"然后紧跟着几个箭步蹿上去，枪口对准了几个船夫的胸膛。就这样，船和船夫全被我们俘获了。

听完一排长报告，我迅速地赶到江边，首先安慰了一下吓得发抖的船夫，然后向他们了解了河对岸的情况。对岸镇子不大，原来驻有管收税的厘金局和三四十名保安队员，今天早上又来了正规军一个连，驻在镇子右边；镇子中央临江处有一个石级码头，码头上经常有一名保安队员放哨，最近因为情况紧张，又添了一名。敌人虽然怕红军过江，但却认为这不是主要渡口，也不会来得这么快，所以防守不太严密。

和副营长研究了一下，决定马上过江。指导员动员了一下船夫，这些人平常受敌人的气，便满口答应渡我们过江。

我命令一排、二排随我首先过江，副营长和指导员、工作组都留在江这边。三排在江这边警戒，并准备随时以火力支援我们。

三排沿着灰色的沙滩左右散开，枪口瞄准了灯光闪烁的镇子。我带领着一排、二排分头静悄悄地上了两只船，交代了上岸后的行动以及遇到紧急情况时的一些措施以后，两条木船便一先一后解缆离岸了。

这是一个微风吹拂的夜晚，波浪滚滚，木船被浪头打得"嘭嘭"作响，忽上忽下晃个不停。有几个学员在帮着船夫摇橹，其余的都靠在一起，把枪紧紧地抱在怀里，避免被飞起来的水沫打湿。

离对岸越来越近了，镇子的轮廓也可以看清了。再往前走，从窗子里射出的灯光更加亮起来，偶尔还可以看见一个个人影，听见人的吆喝声。眼看几分钟以后便要发生一场激烈的战斗了，我的心紧张起来，握紧了驳壳枪，目不转睛地望着镇子。

船靠岸了，我轻轻推了推身边两个预先派好了的学员，他俩便端着枪跨上岸去，迅速地顺着石级往上走。刚走到石级的最顶一层，只听见一个云南口音的哑嗓子问道："喂！你们怎么搞的？才回来。"两个学员没有答话，接着便听到一声低沉而严厉的喊声："不准动！"听见这一声喊，我便带领学员跑步上去，把敌人的两个哨兵俘虏了。

我简单地审问了一下俘虏，他俩说的情况和船夫说的一样。于是我立即命令一排顺街往右打正规军，二排往左打保安队，事态发展随时报告。

渡船，又回去接后续部队去了。

按照预定计划，通信员收集了一些茅草在江边烧起来，这是报告我连已经过江的信号。火很快地燃起来，照得江面上也泛起了抖动的红光。

信号刚发出，街上"叭叭"响了几枪。不一会儿，又沉寂了。这是怎么回事呢？既打起来了，怎么又没动静了呢？正在发急，一排、二排的通信员先后跑来了。

情况是这样：一排到达敌人连部门口时，敌哨兵喊道："谁？"俘虏按照我们的吩咐立即答道："自己人！保安队的。"哨兵刚要再问什么，战士们一下子冲上去就掐住了他的喉咙。问了一下情况以后，全排当即进了院子，分头踢开几处房子的门大喊："缴枪不杀！"门一踢开，只见满屋子烟雾腾腾，敌兵们正躺在地上对着小灯"吞云吐雾"呢。听见这一声喊，这些"双枪英雄"开头是昂起脑袋直发愣，接着是慢慢地举起双手，惶惑地说："我们今天才到，莫误会了吧！"我们的战士说："放心吧！误会不了，我们是红军，正是找你们来的！"于是这群"英雄"才无可奈何地互相望望，在闪亮的刺刀前面走到院子里集合起来。只有敌人的连长和几个军官在另外一间小屋里，见势不妙，打了几枪逃走了。天黑路生，我们也没有去追他们。

二排的经过大致和一排相同，他们是冒充纳税的人混进去的。那些正在抽鸦片烟和打麻将的保安队员，被我们像抓小鸡一样捉个精光，连队长都没有走脱。

好！一切顺利。我兴奋地命令通信员在岸上再烧起一堆大火，发出第二个信号。

渡口顺利地到手了，就像从身上卸下了千斤重担一样轻松。当我踏上镇子里的石板街道，看着黑压压的房子的时候，立刻觉得口也干、腿也酸，肚子也咕咕直叫，恨不得马上找个地方饱吃一顿、酣睡一觉。正想找指导员研究一下下一步的行动，副营长过来了，他说："为了巩固渡口、扩大纵深，团长命令你们沿着通往会理的山道前进15里警戒。"

队伍迅速在街上集合起来。大家都表示能坚持继续前进，只是肚子确实饿得不行，弄得人软绵绵的一点劲也没有。这也难怪，连续行军200多里，只吃了点冷饭，怎么不饿呢。但是做饭是来不及了，这里看样子也没有什么饭铺，只好忍着。走着走着，我猛一下看见一家门口挂着招牌，模模糊糊可以看出似乎是个点心铺。我推门进去一看，里面黑洞洞的，连喊了几声老板，也没人答应，大概是刚才听见枪响都吓跑了。点着油灯一看，架子上放着不少的土点心。我想：现在没有别的办法，只好自己来做这个买卖了。于是把这些饼干糖果统统收集起来，约莫有30多斤，全连100多人，每人也只能摊到二三两。有的拿到手里，两口三口就咽到肚子里，一抹嘴巴说："唉！太少了，还没尝出味儿就下去了。"有人就反驳似的说："不要贪心不足，要不是当前卫连，你能吃着点心吗？"

吃完了"饭"，事务长计算了价钱，包了银洋，写了一张条子，仔仔细细地放在账桌抽屉里，然后吹熄了灯，关好了门，队伍便继续出发了。

走出镇子，便是一条向左伸往山沟的山路，顺着这条石头路走了十六七里地，前面有个较平坦的地方，便决定在这里宿营。各班派出少数人捡柴、打水、烧水、做饭，其他人都抱着枪呼呼地睡着了。

不知道什么时候，我被一只手猛烈地摇醒。睁眼一看，原来是副营长又上来了。他匆匆忙忙地说："萧连长，快起来，继续前进！"我心里一惊，马上坐起来问道："有情况了吗？"副营长用手指着远处高山的影子说："顺这条路上去40里便到山顶。如果敌人占领了这个地方，居高临下对我们威胁极大。团长命令我们在拂晓前一定要占领这个地方，以便扩大纵深，巩固住渡口。"我怀疑地问："我们团加上中央机关首长一天也就过完了，还用巩固渡口做什么？"副营长笑笑说："你说得倒简单，现在是主力部队的千军万马都要从这里过。"我说："什么？一、三军团都从这里过？"副营长连连点头说："对了！对了！"啊，这下全都明白了，出发之前首长们匆匆忙忙地开会，周副主席深夜不眠并了解我们连的情况，原来不只是考虑中央纵队，而是全军的行动呀。想到这里，不觉一阵兴奋，同时也感到作为全军前卫连责任的重大，便马上找各排排长，要大家赶紧吃饭，准备出发。

学员们在睡梦里被叫起来，听说马上又要走，有的还有点不大高兴。可是当指导员把占领山顶、巩固渡口的意义传达了以后，大家的情绪立刻又高涨起来。有个大嗓门叫道："坚持 40 里，到山顶宿营！"这一下大家都哄起来了："占领山顶，掩护大军渡江！""打到大山顶，保证全军渡江的胜利！"过后，大家又一个劲去催做饭的快点开饭，吃了好走，困乏、饥饿，全无影无踪了。

拂晓，虽然大家走得疲惫不堪，但是准时到达了山顶。从山顶向远处看去，小山绵延不断，通往会理的小路盘旋在小山群里。我们决定占领远处小路两边的两个山丘做阵地，控制着会理通往渡口的必经之路。

队伍继续向小山前进。走着走着，前卫班忽然发出敌情警报。经过一次小的接触以后，又过了 20 多分钟，大队敌人果然上来了。

上级的指挥真是英明，昨夜要是在山沟里宿营，今天不知又要付出多大的代价啊。

敌人摸不清底细，不敢进攻。我们也不出击，就这样双方对峙着。下午三四点钟的样子，四连和特科营的重机枪连上来了。队伍前面走着几个人，近前一看，原来是陈团长和宋政委来了。首长们显然很高兴，见面就说："你们真能干呀!"我一面报告敌人情况，一面跟着首长观察阵地。

没有几分钟，团长便召集我们和四连、重机枪连的干部，布置任务。他命令我连在右边这个山头发起攻击，负责打大路右侧的敌人；四连从左侧山头发起攻击，打大路左侧的敌人。重机枪连的4挺机枪分别在两个山头掩护；打垮敌人以后，乘胜追击，没有命令，不准停止。

在团长统一指挥下，重机枪开始射击了。冲锋号一响，我们全连便往前冲去。边冲边打，敌人很快便垮下去了。那些失魂落魄的敌兵，慌慌张张地跑得漫山遍野都是。我们一气追了一二十里，敌人有的被打死，有的跑不动了就伏在地上装死；还有的跑急了，从陡坡上掉下去摔死了。正追到一个村子的后山，接到骑兵通信员送来团长的命令："停止追击，就地宿营警戒。"

队伍带到村后山坡宿营。这会儿，我们真是筋疲力尽了，一个个坐下就起不来，也没有人再嚷肚子饿、嚷口干了。

天快黑的时候，忽然大家又乱嚷起来，并且直往山前跑。我一看，原来有一支队伍从山下通过，先头部队已接近山下的村庄，后面的队伍一眼望不到头。学员们早就听通信员说这是三军团的大队人马，所以觉也不睡了，都爬起来看，也不管人家听见听不见，欢迎呀，道辛苦呀，乱喊一阵。长途追击的疲劳，又忘得一干二净了。

第二天，中央首长和机关人员都已过江，驻在我们追击途中经过的那个村庄，我团也全部安全抵达那里。听后面来人说：一军团在龙街、三军团在洪门渡江都未成功，现在只有在皎平渡过江。三军团过江后，已从左边取道往会理方向前进。

强渡大渡河

杨得志

　　1935 年 5 月，我们工农红军渡过金沙江，经会理、德昌、泸沽，来到冕宁。我们红一军团一师一团，担负了光荣的先遣任务。军委为了加强领导，充实力量，特派刘伯承、聂荣臻同志分别担任先遣司令和政委，并把军团的工兵连、炮兵连配属一团指挥。当时，我在一团当团长。

　　这天，上级把强渡大渡河的任务交给了我们一团。部队立刻从离大渡河 160 多里路的一个庄子里，冒雨出发了。

　　大渡河是岷江的一道支流，据传是当年石达开全军覆没的地方。当时我们的处境也很险恶：后有周浑元、薛岳、吴奇伟等数十万大军追赶，前有四川军阀刘湘、刘文辉的"精悍部队"扼守着大渡河所有渡口。蒋介石猖狂地吹牛说后有金沙江，前有大渡河，几十万大军左右堵击，共军有翅也难飞过。他还梦想，要让我军成为"石达开第二"。

　　经过一天一夜冒雨行军，部队在一个山坡上停下来。这里离安顺场只有 10 多里路，大渡河哗哗的水声都可以听到。140 多里路的急行军真够疲劳的，战士们一停下来倒头就睡着了。这时已是夜间 10 点多钟，我急忙找来几个老乡了解情况。

老乡介绍的情况和我们侦察的基本一致。前面的安顺场，是个近百户人家的小乡镇。敌人为了防我渡河，经常有 2 个连在这里防守。所有的船只都已抢走、毁坏，只留一只船供他们过往使用，安顺场对岸驻有敌人 1 个团（团的主力在渡口下游 15 里处），上游的泸定城驻有 3 个"骨干团"，下游是杨森的 2 个团，要渡过大渡河，必须首先强占安顺场，夺取船只。

情况刚了解清楚，指挥部便来了命令，连夜偷袭安顺场守敌，夺取船只，强渡过河。刘伯承司令和聂荣臻政委特别指示我们说："这次渡河，关系着数万红军的生命！一定要战胜一切困难，完成任务，为全军打开一条胜利的道路！"

"我们不是石达开，我们是共产党领导的工农红军！在我们的面前，没有战胜不了的敌人，没有突不破的天险。我们一定要在大渡河上，为中国革命史写下光辉的一页。"看完命令，团政委黎林同志坚决地表示。

战士们从梦中被叫醒，冒着毛毛细雨，摸黑继续前进了。

根据分工，黎政委带领二营至安顺场渡口下游佯攻，以便吸引敌人那个团的主力，我带一营先夺取安顺场，然后强渡；三营担任后卫，留在原地掩护指挥机关。

天漆黑，雨下个不停，部队踏着泥泞的小路前进。走了10多里，便靠近安顺场了。我命令一营分成三路前进。

安顺场的守敌做梦也没有想到，红军来得这样快，他们认为我们还没有出海子边少数民族区呢，因此毫无戒备。

"哪一部分的？"我们的尖兵排与敌人哨兵接触了。

"我们是红军！缴枪不杀！"红军战士的回答像春雷，扑向敌人。

"砰！"敌人开枪了。我们的火力也从四面一齐吼叫起来，愤怒的枪声，湮没了大渡河水的咆哮，湮没了敌人的惨叫。顽抗的敌人纷纷倒下，活着的有的当了俘虏，有的没命地逃跑。2个连的敌人，不到30分钟就全被打垮。

正在战斗时，我来到路旁一间屋子里。突然听到一阵喊叫："哪一个？"通信员一听声音不对，枪栓一拉大吼一声："不要动！缴枪不杀！"敌人摸不清我们的情况，乖乖地缴了枪。事也凑巧，原来这几个敌人是管船的。我急忙要通信员将这几个俘虏送到一营去，要一营想法把船弄来。

一营花了好大的劲，才把渡船弄到手。这里只有这条船，它现在成了我们唯一的依靠。

占领了安顺场，我来到河边，只见两岸都是连绵的高山。河宽约300米，水深三四丈，湍急的河水，碰上礁石，卷起老高的白浪。现在一无船工，二无准备，要立即渡河是困难的。我急忙一面把情况报告上级，请求指示，一面做渡河的准备工作。这一夜，我在安顺场街头的小屋里，一会儿踱着步，一会儿坐在油灯旁，想着渡河的一切问题。

我首先想到凫水。可是河宽约 300 米，水急、浪高、漩涡多，人一下水，就会被急流卷走。

我又想到架桥。仔细一算，每秒钟 4 米的流速，别说安桥桩，就连插根木头也困难。想来想去，唯一的希望还是那只渡船。于是我立即把寻找船工的任务交给了一营营长孙继先同志。

一营长派出许多人到周围山沟里去找船工，找到十几个船工时，天已大亮了。

天明雨停，瓦蓝的天空缀着朵朵白云，被雨水冲洗过的悬崖峭壁显得格外高大。大渡河水还在一股劲地咆哮、翻腾。此刻，通过望远镜可以清楚地看到远处的一切：对岸离渡口 1 里许，是个四五户人家的小村庄，周围筑有半人高的围墙，渡口附近有几个碉堡，四周都是黝黑的岩石。估计敌人的主力隐蔽在小村里，企图等我渡河部队接近渡口时，来个反冲锋，迫我下水。

"先下手为强！"我默默地下定决心。随即命令炮兵连的 3 门 82 毫米迫击炮和数挺重机枪安放在有利阵地上，轻机枪和特等射手也进入河岸阵地。

火力布置好了，剩下的问题还是渡河。一只船装不了多少人，必须组织一支坚强精悍的渡河奋勇队。于是我把挑选渡河人员的任务交给了孙继先同志。

战士们知道组织奋勇队的消息后，一下子围住了孙继先同志，争着抢着要参加，弄得孙继先同志怎么解释都不行。

　　"怎么办？"一营长问我。我又是高兴又是焦急，高兴的是我们的战士个个勇敢，焦急的是这样下去会拖延时间。因此，我决定集中一个单位去。

　　孙继先同志决定从二连选派。二连集合在崖子外的场地上，静听着营长宣布被批准的名单："连长熊尚林，二排长曾会明，三班长刘长发，副班长张表克，四班长郭世苍，副班长张成球，战士张桂成，萧汉尧……"16 个名字叫完了，16 个勇士跨出队伍，排成新的队列。一个个神情严肃，虎彪彪的，都是二连优秀的干部和战士。

　　突然，"哇"的一声，一个战士从队伍里冲了出来。他一边哭，一边嚷着："我也去！我一定要去！"他奔向营长。我仔细一看，原来是二连的通信员。孙营长激动地看看我，我也被眼前的场面所感动，多好的战士啊！我向孙营长点了点头，表示同意让他参加。孙营长说了声："去吧！"通信员破涕为笑，赶忙飞也似的跑到 16 个人排成的队列里。

　　17 个勇士组成了一支英雄的渡河奋勇队，每人一把大刀，一支冲锋枪，一支短枪，五六个手榴弹，还有作业工具。熊尚林同志为队长。

　　庄严的时刻来到了，熊尚林带领着 16 个同志跳上了渡船。

　　"同志们！千万红军的希望，就在你们身上。坚决地渡过去，消灭对岸的敌人！"

渡船在热烈的鼓动声中离开了南岸。胆战心惊的敌人向我渡船开火了。

"打！"我向炮兵下达了命令。神炮手赵章成同志的炮口早已瞄准了对岸的工事，"通通"两下，敌人的碉堡飞向半空。我们的机枪、步枪也发挥了作用，炮弹一个个炸在敌人的碉堡上，枪弹像暴风雨一样卷向对岸。划船的老乡们一桨连一桨地拼命划着，渡船随着汹涌的波浪颠簸前进，四周满是子弹打起的浪花。岸上所有人的注意力都集中在渡船上。

突然，一发炮弹落在船边，掀起一个巨浪，打得小船剧烈地晃荡起来。

我一阵紧张，只见渡船随着巨浪起伏了几下，又平静下来了。

渡船飞速地向北岸前进。对面山上的敌人集中火力，企图封锁我渡船。十七勇士冲过一个个巨浪，避过一阵阵弹雨，继续奋力前进。

一梭子弹突然扫到船上。从望远镜里看到，有个战士急忙捂住自己的手臂。

"他怎么样？"没待我想下去，又见渡船飞快地往下滑去，滑出几十米，一下撞在大礁石上。

"糟糕！"我自语着，注视着渡船。只见几个船工用手撑着岩石，渡船旁边喷起白浪。要是再往下滑，滑到礁石下游的漩涡中，船非翻不可。

"撑啊！"我禁不住大喊起来，岸上的人也一齐呼喊着，为勇士们鼓劲、加油。

就在这时，从船上跳下四个船工，他们站在滚滚的急流里，拼命地用背顶着船，船上另外四个船工也尽力用竹篙撑着。经过一阵搏斗，渡船终于又前进了。

渡船越来越靠近对岸了。渐渐地，只有五六米了，勇士们不顾敌人疯狂的射击，一齐站了起来，准备跳上岸去。

突然，小村里冲出一股敌人，涌向渡口。不用说，敌人梦想把我们消灭在岸边。

"给我轰！"我大声命令炮手们。

"通通！"又是两下巨响，赵章成同志射出的迫击炮弹，不偏不倚地在敌群扫开了花。接着，李得才同志的那挺重机枪又叫开了，敌人东倒西歪，一个接着一个倒下去。

"打！狠狠打！"河岸上扬起一片吼叫声。敌人溃退了，慌乱地四散奔逃。

"打！打！延伸射击！"我再一次地命令着。

又是一阵阵射击。在我猛烈火力掩护下，渡船靠岸了。17个勇士飞一般跳上岸去，一排手榴弹，一阵冲锋枪，把冲下来的敌人打垮了。勇士们占领了渡口的工事。

敌人并没有就此罢休。他们又一次向我发起反扑，企图趁我立足未稳，把我赶下河去。我们的炮弹、子弹，又一齐飞向对岸的敌人。烟幕中，敌人纷纷倒下。17位勇士趁此机会，齐声怒吼，猛扑敌群。17 把大刀在敌群中闪着寒光，忽起忽落，左劈右砍。号称"双枪将"的川军被杀得溃不成军，拼命往北边山后逃跑。我们胜利地控制了渡口。

过了会儿，渡船又回到了南岸。孙继先同志率领机枪射手上了船，向北岸驶去，继后我随之过河。这时，天色已晚，船工们加快速度，把红军一船又一船地运向对岸。我们乘胜追击，又在渡口下游缴了两只船。于是，后续部队源源不断地渡过了大渡河。

红一团强渡大渡河的成功，有力地配合了左翼兵团抢占泸定桥。很快，泸定桥被我红四团胜利夺取了，红军的千军万马在这里渡过了天险大渡河。蒋介石企图把我军变为"石达开第二"的梦想彻底破灭了。

这次行动的胜利，是由于党中央和毛主席的英明领导，是刘、聂首长的正确指挥，是人民的支援，是红一团全体指战员坚决服从上级指挥、发扬英勇顽强的战斗精神而取得的。而十七勇士强渡大渡河的英雄壮举，将永远为后人所传颂！

"常胜的红军来渡江"

王宗槐

我们攻占嵩明后，六团进至杨林，四团直逼昆明。正在昆明的蒋介石和龙云十分惊慌，急忙调集部队乃至各县民团防守昆明。这造成滇北和金沙江南岸敌人的力量进一步减弱，为我军北渡金沙江创造了有利条件。

此时，传来了中央军委和总部的命令，要求部队迅速渡过金沙江，进入川西建立根据地。听说要过金沙江，宣传队及时编了一首歌曲，在全部队教唱，起到了鼓舞士气的作用。这首歌的歌词我记得是这样的：

> 金沙江，
> 流水响叮当。
> 常胜的红军来渡江，
> 不怕它水深河流急，
> 更不怕山高路又长，

我们真顽强。

战胜了困难，

克服一切疲劳，

下决心，

我们要渡江！

接到命令的当天，1935 年 4 月 29 日，我们红一军团为左纵队出发了。四团完成佯攻昆明任务后，又智取了禄劝、武定、元谋，占领了龙街渡。这里水流湍急，不能架桥，又没有多少渡船，大部队难以迅速过江。我们便转向皎平渡过江。5 月 9 日前，我们红军全都顺利渡过金沙江。

过了金沙江，我们到了会理县城附近，见到三军团的部队正在围攻会理城，敌人死守不出，就把该城团团围了起来。我们二师从会理城东面绕到城北面十几里外的地方，休整了几天。会理是一个比较大的平坝子，人口较多，农产品比较丰富，粮食也比较充足。这次休整是回师遵义后又一次比较大的休整。部队利用这几天时间，美美地睡了好觉，改善了伙食，指战员的体力得到了恢复。部队的粮食、衣物等也得到了补充。

在会理，我和罗荣桓同志相识了。罗荣桓同志的名字，我在苏区就知道，也见过他，但真正相识是在会理。他戴着一副眼镜，和蔼可亲地和我打招呼，问我的情况。那时，他受"左"倾错误排挤的处境还未改变，只在红军总政治部任巡视员，政治上、生活上仍然受不公正的待遇。过了金沙江，他随二师行动。二师的首长对他的遭遇甚为同情，劝他留在二师。刘亚楼政委对他说："您不要回去了，就跟我们二师走吧！跟我们走比跟机关走还要安全一些。"还说："您回去，他们连骡子都会给您收了！"罗荣桓同志笑呵呵地说："不会吧！即使收了，我还有两条腿嘛，有么子要紧！"我在一旁听着他们充满真挚感情的话语，深为感动。离开会理，罗荣桓同志就从二师回总政治部去了。

在这期间，党中央在会理城郊铁厂召开了政治局扩大会议。

这时，国民党中央军薛岳兵团正加紧赶渡金沙江，企图继续追击我军。川敌加紧调兵，加强大渡河北岸防御。因此，中央军委命令红军迅速北上，强渡大渡河，直奔川西与红四方面军会合。

5月16日，我们从会理出发，向德昌前进。在德昌城里，我得病发烧了。第二天出发时，一出德昌城就要过一条安宁河，河上架着一座铁索桥。政治部主任符竹庭让我骑他的骡子过铁索桥。随后，我们到了西昌。城内有敌人。为了争取时间，我们没有攻城，只是把城包围起来，从城西面绕了过去。又赶了一段路，就到了泸沽。此去大渡河有两条路可走，一条是大路，必然会遇到敌人阻击；一条是小路，但要通过复杂的彝族区。为了早日赶到大渡河，中央决定走彝族区，并决定红一团为先遣支队，总参谋长刘伯承任司令员，一军团政委聂荣臻为政治委员，由他们带领先遣队，为全军开道。

我们二师随先遣队到了冕宁。在这里扩大红军，师政治部要求每个干部吸收6名红军战士。我去扩红，在一个山岗上见到一批青年，有几十个人，他们一丝不挂，仅用树枝遮体。心想，这些穷人是扩红的对象。上前一问，方知他们是红一团前卫连——工兵连的。他们遇到了彝人，要他们把衣服、枪支一切物品都交出去；因强调民族政策，他们没有开枪，所有东西都被拿走了。

长期以来，这里的彝族群众饱受着反动统治者严重的政治压迫、经济剥削和民族歧视。他们对外来人、汉人不了解，对红军同样有戒心，所以他们阻止红军过彝族区。但他们只要东西，不伤害我们的人。我们红军严格执行少数民族政策，不进民房，不扰村民，露宿在道路两旁的树林里。后来，刘伯承总参谋长与彝族沽基家的首领小叶丹一起斩雄鸡喝血酒，结为"金兰之盟"。这样一来，彝族群众对红军有一定的了解了，他们马上改变了态度，同意红军通过。我们经过大凉山的时候，每个村子路两旁的山坡上都站满了男男女女、老老少少的彝族百姓。他们面带微笑和惊异的神情，看着我们的队伍前进。

通过大凉山彝族区之后，我们师直机关跟着陈光师长，经大渡河边的天堂圩向安顺场进发。

就在我们向大渡河前进之际，追敌薛岳等部已北渡金沙江，从德昌赶来了。川敌主力也离大渡河北岸不远了。

红军到了大渡河畔，蒋介石欣喜若狂，他认为："大渡河乃太平天国石达开覆灭之地，现在共军入此彝汉杂处，……必步石达开的覆辙。"他令国民党军"封锁朱毛于金沙江以北、大渡河以南、雅砻江以东地区，根本消灭。"他扬言"要让共产党做石达开第二！"

1863 年 5 月，太平天国翼王石达开率兵 2 万人西进，在这里苦战一个多月，终于陷入绝境，招致全军覆没，石达开本人惨遭清政府杀害。72 年后的 1935 年，同样是河水暴涨的 5 月，中央红军也来到了安顺场。尽管形势十分严峻，但我们红军战士充满了必胜的信心，坚信在中央军委和毛泽东同志亲自指挥下，在英勇的战士面前，没有不可战胜的敌人，没有不可克服的困难。昔日翼王悲剧地，今为红军胜利场。

果然，我红一团奇袭安顺场获得成功，抢占了这个渡口，并于 5 月 25 日，成功地强渡了大渡河，打开了红军北上的第一条通路。

但是，安顺场地形险峻，南北两岸悬崖陡峭，河水流急浪高，河面宽达 300 多米，仅靠 3 只小船，全军无法在敌人赶到前渡过河去。必须打开第二条通路。

中央军委决定，除一师 3 个团和军委干部团在安顺场渡河外，红军主力沿大渡河西岸上行，抢夺泸定桥。

担负夺桥任务的前卫团是二师红四团，师直和六团、五团跟进。师首长令我随四团行动。

我下到四团后，见到团长王开湘、政委杨成武正在紧张地做动员工作，要求部队迅速地做好出发准备。

5月27日清晨，红四团从安顺场出发，向泸定桥疾进。

从安顺场到泸定桥有240里行程，道路崎岖，要翻越几座山，途中还有盘踞的敌人纠缠。但红四团的干部战士发扬艰苦奋斗、英勇善战的优良作风，战胜了艰难险阻，消灭了纠缠之敌，于5月29日上午赶到了泸定桥。

经过精心的研究和仔细的准备，下午4点，在王团长和杨政委的指挥下，全团火力掩护突击队发起冲锋。突击队员们迎着敌人的枪林弹雨，在激流奔腾的江面上，攀着铁索，冲过桥去，冲进泸定城西门。团首长指挥三连战士紧跟在突击队后面，一边铺设桥板，一边向桥东头扑去。突击队的勇士和三连的同志们，在桥东阵地及泸定城内，同敌人展开了一场殊死搏斗。在后续部队支援下消灭了敌人，占领了泸定城。

打下泸定桥后三四天，中央机关和红军大部队也来到了，千军万马从泸定桥上越过了天险大渡河。

我们师部在泸定城刚驻下不久，敌人的飞机就来轰炸。我随陈光师长等跑到一座山上躲飞机，结果沾了一身蝎子草，皮肤刺得火辣辣的，又痒又痛。30日上午，师首长命令六团为先头团，继续北进。六团攻克了龙巴铺，占领了化林坪。接着，四团在友邻部队配合下，攻占了泸定县与汉源县交界的飞越岭的垭口——飞越关。这就扫清了敌人在大渡河东岸的残敌，控制了北去的通道。

过了飞越关，部队向天全方向前进。走到雅安附近的一条山路上时，我病倒了。全身酸痛、难受，一点力气也没有，实在走不动了，掉了队。我正犯愁时，负责收容的二师卫生部长叶青山，带着几个同志走来了。叶部长见我病得不轻，就从一个帆布药箱内取出一种药，往我胳膊上扎了一针，又让一位同志扶着我走了一段。说来也真灵，走了一会儿，我感到浑身轻松多了，越走越有精神了。到了雅安旁边，就赶上队伍了。回到师部，就参加了调查土豪，打了几家土豪。雅安附近比较富一点，越往北越穷了。部队在这里靠打土豪补充了些吃的、穿的，准备迎接更艰苦的斗争。

飞夺泸定桥

杨成武

5月25日，红一师第一团在安顺场胜利地渡过了大渡河。但是这里水流太急，不能架桥，小船往返一次需要数十分钟，数万大军如果只靠这几只小船来渡，不知要花费多少时日。同时，蒋介石正在命令四川军阀杨森等部坚堵大渡河，并命令薛岳、周浑元部衔尾猛追。太平天国的石达开就是在安顺场被清兵最后消灭的。蒋介石也梦想着把红军变成第二个石达开。

我们左路军前卫红四团，就是在这紧急的情况下，接受了军委迅速夺取泸定桥的任务。红一师为右路军，渡过大渡河后沿东岸北进，策应我二师四团夺取泸定桥。

27日清晨，我团从安顺场出发，沿大渡河西岸，奔向泸定桥。全程329里，命令规定三天赶到。单边羊肠小路，左边是高入云霄刀劈一样的峭壁，山腰上是终年不化的积雪；右边是深达数丈、波涛汹涌的大渡河，稍不小心就有掉下去的危险。

大概走了30里路的光景，河对岸的敌军便开始向我们射击了。为了避免无谓伤亡，只得绕路爬山，绕出10多里，这样花费了不少时间。

走了约60里路，前面隆起了一座大山。先头连忽然和敌人1个连遭遇，勇士们好像猛虎见了群羊，只一个猛冲，就把敌人打垮了。

我们迎着零星的枪声，继续爬山。突然，侦察员飞奔回来报告，在我左前方的一个大山坳里，发现约有1个营的敌人把守，堵住了我们的去路。我和团长黄开湘同志领着干部跑步前进，去侦察地形，这座山中间只有一条小路，陡得像座天梯，仰头向上看，连帽子都要掉下来。山顶和隘口上，筑了碉堡。右边靠河，无路可绕。看样子，正面和右面是无论如何冲不上去的。左面也是凌空直立的悬崖，崖壁上稀落地长着一些小树和荆棘。崖顶连接着更高的山峰。经过仔细侦察后断定：爬上左面的悬崖定可抄到敌人的侧背，从敌人的屁股后面袭取这个隘口。我们立即命令三营长曾庆林和总支书记罗华生同志带1个连坚决从左边爬上去，并组织其他2个连从正面佯攻。

敌人疯狂地打着机枪，封锁着路口。不到一个钟头，就从敌人后面传来了枪声。我们乘势从正面发起猛攻，前后夹击，敌人很快便被打下去了。接着一个猛击，敌人3个连完全被消灭在山崖脚下，活捉营、连长各一，俘虏200多人。

敌人本想凭险坚守，阻挡我们前进，但我们发起猛追以后，前进的速度反而加快了。

第二天，我们比原来命令规定的时间提前一小时吃饭，才走了几里地，军委又来了命令，限我们29日夺下泸定桥。

29日就是明天！从这里到泸定桥还有240里，也就是说两天的路我们必须一天走完。这是命令，这是关系全军的重大任务，一定要坚决执行，不容许一分钟一秒钟的迟疑。

泸定桥那里有敌人2个团防守，现在又有2个旅正向泸定桥增援。他们以一部兵力阻止我红一师前进，大部分沿河东岸北上，跟我们隔河齐头前进，如果我们比敌人早到泸定桥，胜利就有希望，不然，要想通过泸定桥就很困难，甚至不可能了。我们要和敌人抢时间！要和敌人赛跑！我们边行军边召集营、连干部和司令部、政治处干部，共同研究怎样完成这一紧急任务。我们要求部队在明天6点前赶到泸定桥。会后，大家便分头深入连队进行动员。

我和总支书记罗华生同志，飞跑到行军队伍的最前头，站在一个小土墩上，向急行军的队伍进行政治鼓动。队伍像一阵风一样迎面卷来，又像一阵风一样从我们身边刮过去。但每一张脸，每一双眼睛，我都看得非常清楚。在走过的队伍中，"坚决完成任务，拿下泸定桥"的口号声此起彼伏，这声音压倒了大渡河的怒涛，震撼山岳。队伍前进的速度更快了。

在行军纵队中，忽然一簇人凑拢在一起。这群人刚散，接着出现了更多人群，他们一面跑，一面在激动地说着什么。这是连队的党支部委员会和党小组在一边行军一边开会啊！时间逼得我们不可能停下来开会，必须在急行军中来讨论怎样完成党的任务了。

紧急任务的动员工作刚做完，部队已接近猛虎岗。

猛虎岗是一座上三四十里下三四十里的险恶高山，右傍大渡河，左面是更高的山峰，中间只有一条羊肠小道。这是从安顺场到泸定桥的咽喉，山顶的隘口上有一个营的敌人扼守。这时候，正是大雾迷蒙，五步以外什么也看不见。敌人看不清我们在哪，只是在工事里恐慌地、盲目地向我们前进方向乱放枪。我们利用大雾掩护着，组织部队摸上山去，并命令他们：不许放一枪，接近敌人后，用刺刀、手榴弹解决敌人。不多时，只听得"轰隆、轰隆……"一连串的手榴弹爆炸声，接着便杀声四起。吓破了胆的敌人，只好向后溃逃了。我先头营即向溃敌猛追，一直追击到接近摩西村时，又同驻在该村的敌人1个营和1个团部遭遇。在我胜利矛头的冲击下，又把敌人打垮了，这使我们的行动增加了新的困难，耽误了两小时才架起桥。继续前进，一口气又跑了四五十里。等我们赶到大渡河岸一个有十多户人家的村子时，已是傍晚7点了。从这里到泸定桥还有110里。

困难一个接一个地来了，天不由人，突然大雨倾盆，电闪雷鸣，天黑得伸手不见五指。部队一天没有吃上饭，肚子饿得实难支持。道路泥泞，更是走不快，牲口、行李都跟不上。在下猛虎岗的时候，我们已清楚地看见对岸的敌人仍然还和我们并肩前进。

困难越是严重，越需要加强政治工作。我们向党支部，向所有共产党员、青年团员和积极分子说明了摆在我们面前的一切困难，也说明了必须争取明天 6 点前赶到泸定桥，号召每人准备一个拐杖，走不动的挂着拐杖走；来不及做饭了，要大家嚼生米、喝凉水充饥。这号召，像一把火点燃起部队炽烈的战斗情绪。看样子，哪怕前面尽是刀山，他们都可以闯过去。然而，在这伸手不见掌的黑夜里，怎能走完这泥泞油滑的 110 里路呢？这个问题像一块千斤重石压在我的心上。

忽然，对岸山坳上出现了几点火光，刹那间变成了一长串的火炬，是敌人在点着火把赶路。

"事到万难须放胆。"我们决定利用两天来被消灭和打垮的三个营敌人的番号伪装自己，欺骗敌人。立即命令部队将全村老乡家的篱笆全部买下，每人绑一个火把，一班点一个，不许浪费，争取每小时走 10 里以上，并布置司号员先熟悉缴获的敌人的联络信号表，准备在必要时同敌人"联络"。敌人的部队都是四川人，我们也选出四川籍的同志和刚捉来的俘虏，准备来回答敌人的问话。为了加快行军速度，把所有牲口、行李、重武器连同团长和我的乘马在内，一律留下，由管理处长何敬之、副官邓光汉带一个排掩护，随后跟进。

当时，我腿上的伤口还没有全好，走路有些不大方便，同志们特别是团长都劝我骑着马走。这正是需要干部起模范作用的时候，哪能再骑马？我以挑战的口吻向大家说："同志们，咱们一块走吧！看看谁走得快！谁先走到泸定桥！"

部队兴高采烈地高举火把向前挺进。透过大渡河的波涛声，从对岸传来了清脆的军号声和微弱的喊声。"啥子部队啊?"敌人在向我们联络了。我们的司号员按敌人的联络信号，吹起了嘹亮的军号，四川籍的同志和俘虏也吊起嗓子大声作答。敌人万想不到，大摇大摆地跟他们并排走的，就是他们所日夜梦想着要消灭的英雄红军，糊里糊涂地同我们一道走了二三十里。后来，雨下得更大，到深夜 12 点钟，对岸的那条火龙不见了，他们大概是怕苦不走了。这一情况立刻传遍全团，同志们一个跟着一个拼命地向前赶路。

暴雨冲打着战士，本来已经难走的羊肠小道，此刻被雨水冲洗得像浇上了一层油，滑得实在厉害，一不留神就来个倒栽，队伍简直是在滚进，就是在这样的情况下，还是不断有人打瞌睡。有的人走着走着就站住了。大家干脆解下了绑腿，一条一条地接起来，前后拉着走。

经过整夜的急行军，在第二天早晨 6 点多钟胜利地赶到了泸定桥，并占领了西岸及西桥头。这一天，除了打仗、架桥外整整赶了 240 里路，真是飞毛腿呀！

泸定桥真是个险要所在。往下看，褐红色的流水像瀑布一样从上游山峡间倾泻下来，冲击着河底参差耸立的恶石，溅起一丈多高的白色浪花。流水声震耳欲聋。在这样的河里，就是一条小鱼，也休想停留片刻，徒涉、船渡都是完全不可能的。

再看看桥吧！这是一条铁索桥，从东岸到西岸扯了13根用粗铁环一个套一个连成的长铁索，每根有普通的饭碗粗。两边各两根，做成桥栏，底下并排九根，作为桥面。原来桥面上横铺着木板，现在，木板已被敌人搬到城里去了。只剩下悬挂着的铁索。在桥头的一块石碑上刻着两行诗句："泸定桥边万重山，高峰入云千里长。"

泸定桥东端就是泸定城。这座城一半在东山上，一半贴着大渡河岸，城墙高两丈余，西城门正堵住桥头，过了桥，必须通过城门，别无他路，城里驻着两个团的敌人，山坡上修筑了严密的工事。机枪集中在桥头附近，不断地向我们扫射，迫击炮弹也连珠般地飞过来。

看完地形以后，我们立即组织了1个营的火力，封锁河东岸敌人的道路。因为东岸和西岸一样，也只有一条依山傍水的小道，敌人只有经过那条路才能到泸定桥。

中午，我们在天主教堂召开了全团干部会议，研究突击队的组成。会议刚开，对岸打过来一排迫击炮弹，天主教堂的屋顶被炸开了一个大窟窿，弹片、瓦片直泻而下。大家都很镇静，一动不动。我乘机进行鼓动："敌人来给我们动员了，我们必须立即打过桥去。现在大家说说该让哪个连担任突击。"

我刚说完，平时不爱说话的二连长廖大珠刷地站起来，他那矮而结实的身子激动得有点发抖，黝黑的脸一下红到耳根，吃力地说："一连过乌江立了功，成为渡乌江模范连，我们要向一连学习，争取当夺取泸定桥的英雄连。"

　　"夺桥任务非给我们三连不可！"急性子的三连长王有才没等廖大珠说完，就站了起来。他站在那里像小铁塔，嘴巴像打机关枪："我们三连哪一次战斗都没落后过，这次保证把桥拿下来。"最后，他又说："不叫我们当突击队，我这个连长没法向战士们交代。"

　　往后是一场激烈争论，看样子谁也不愿意把这个任务让给别人，须要我们领导指定了。我和团长研究后，黄团长向干部们交代了夺桥的任务并指定二连任突击队。接着我站起来补充说："要打仗有的是，咱们轮着干，上次渡乌江是一连打头，这次轮到二连，由二连的 22 个共产党员和积极分子组成突击队，廖大珠同志任突击队长，我看很好，看大家有没有意见？"会场上响起了一片掌声。廖大珠高兴地跳起来。只有王有才垂着头，嘴里在叨咕着什么。

　　"三连的任务也不轻。"我指着王有才说，"你连担任二梯队，跟着突击队冲，还要担任铺桥面的任务，让后续部队迅速冲进城去，看你还有什么意见？"这时候王有才才露出笑容。

　　总攻在下午 4 点开始。团长和我在桥头指挥战斗。全团的司号员集中起来吹起冲锋号，所有的武器一齐向对岸敌人开火，军号声、枪炮声、喊杀声震撼山谷。22 位突击英雄手持冲锋枪或短枪，背挂马刀，腰缠 12 颗手榴弹，在廖大珠连长的率领下，冒着密集的枪弹，攀着桥栏，踏着铁索向对岸冲去。跟着他们前进的是王有才率领的第三连。他们除携带的武器外，每人找一块木板，边铺桥，边冲锋。

当突击队刚冲到对面桥头，西城门突然烧起冲天大火，敌人企图用大火把我们挡在桥上，用火力消灭我们。火光照红了半边天，桥头被熊熊大火包围住了。

这正是千钧一发的时刻。22 位英雄看到城门口漫天大火，似乎愣了一下，站在我和团长身边的人一齐大声喊道："同志们！这是胜利的关键！冲进去呀！不怕火呀！迟疑不得！冲啊！敌人垮了！"这喊声给了英雄们勇气、决心和力量，在洪亮的冲锋号声中，他们神速地向着火里冲去了，冲在前面的廖大珠的帽子着了火，他扔掉了帽子，光着头继续往前冲。其余的突击队员们也紧跟着廖连长穿过火焰一直冲进街去。巷战在街口展开了。敌人集中全力反扑过来，22 位英雄的子弹、手榴弹都打光了，形势万分紧急，眼看支持不住了。正在这个严重关头，王有才连长带着三连冲进去了，接着团长和我率领着后续部队也迅速过桥进了城。经过两小时的激战，2 个团的敌人被消灭大半，剩下的狼狈逃窜。黄昏，我军全部占领泸定城，牢靠地控制了泸定桥。

随红一师前进的刘伯承总参谋长和聂荣臻政委进入泸定城，大家见了面，十分欢喜。

已经是下半夜 2 点钟了，刘伯承总参谋长仍兴致勃勃地要我带他和聂政委去看泸定桥。刘伯承总参谋长对每根铁索甚至铁环都看得十分仔细，他扶住桥栏，俯视大渡河的急流，用力地在桥板上连蹬三脚，感慨地说："泸定桥！泸定桥！我们为你花了多少精力，费了多少心血！现在我们胜利了！我们胜利了！"

　　第三天，军团的主力来到了。接着，毛主席、朱总司令、周副主席也来了。千军万马从这英雄的泸定桥跨过了天险大渡河。

"总部命令，不准开枪"

王耀南

红军四渡赤水之后，胜利渡过金沙江，终于摆脱了蒋介石几十万军队的围追堵截，粉碎了敌人妄图一举消灭红军的计划，取得了战略转移中关键性的胜利，全军继续北上。

这时，我任总部工兵连连长。会理战役后，刘伯承司令员和聂荣臻政委令我带方面军工兵连协同红一师一团担任强渡大渡河的先遣部队。接到命令后我们即从冕宁经大桥镇向安顺场挺进。到安顺场渡口，必须通过一个少数民族居住区——彝民区。有关单位向我们介绍说，彝民的生活习惯和服装打扮与我们汉族都不相同，他们性情豪爽，诚恳朴实。由于受国民党反动政府的残酷剥削和压迫，再加上汉族奸商对彝族人进行残酷的盘剥和欺骗，因而彝民对汉人疑心重、仇恨大，对汉族官军更是恨之入骨。国民党反动派曾断言我们不能通过彝民区。

在通过彝民区前，杨得志团长和黎林政委亲自向我们执行先遣任务的工兵连进行动员，并指示，因为彝民不了解红军，我们必须以实际行动取得彝民的信任。因此，无论如何不准向彝民开枪。并说，这是总部的命令，谁开枪谁就违犯党的政策和军队纪律。一切准备完毕后，我们工兵连便跟在侦察连后面向彝民区进发。

彝民区山路崎岖，古树参天，野草丛生，地面覆盖着一层腐烂的树叶。彝民听说汉族军队又来了，将一些山涧上的独木桥拆毁，把溪水里的石墩搬开……这样，我们只能边行军边砍树架桥，边修整道路。过了俄瓦拉口，我们便渐渐从先遣队的前面落到了后面，连队也散开了。隐藏在山林里的彝民不时挥舞着土枪、长矛出现，有时甚至放冷箭、冷枪。为了安全起见，我把全连集中起来行动。

我们刚刚登上一个小山岗，远远看见一群人朝着我们迎面走来。我们放慢脚步，紧张地注视着。那群人越走越近，只见他们有男有女，有老有少，一个个赤身裸体。我们紧张的心情顿时变得非常惊讶。

这伙人走近后，对我们说："我们是外埠商人，路过彝民区被抢了东西，剥了衣服……"

后来我们才知道，这群家伙是国民党县政府的官员。他们平时在彝民头上作威作福，为了逃避我军的追击，冒险进入彝民区。

他们过去后，战士们议论纷纷。这个说："我们可别被扒个赤屁股精光。"那个说："我们不是财主，又不惹他们，他们不会把我们怎么样。"我和指导员罗荣同志分头向战士做解释工作，反复强调必须坚决执行总部的命令，无论如何不准开枪，谁开枪谁就违犯党的政策。

我们刚走进离巴马房不远的一个山谷里，突然听到远处几声枪响。发现几个彝民朝我们跑来，他们手里拿着土枪、长矛、弓箭等各式武器，向我们挥舞着，拦住了我们前进的道路，部队被迫停了下来。走在部队前面的三排长陈亦民同志向彝民解释，可是彝民根本不理会他。罗指导员带着会说四川土话的小程走上前去，还没怎么解释，只听得那几个人大喊几声，山上顿时响起了号角声，不知从什么地方冒出许多彝民，他们手里拿着大刀、长矛，呐喊着蜂拥而来。我们还没有明白这是怎么回事，就被围在中间了。在这种情况下，我们虽然不停地向他们解释，可他们好像一句也没听懂，嘴里还是"呜呼！呜呼！"一个劲地叫喊，彝民也越聚越多。我又急又气，战士们也毫无办法。此时，我们真是束手无策，进退两难。

不一会儿，彝民的几个人围住我们中一个人，开始动手抢我们的武器和工具。当几个彝民挤到我身边时，通信员小刘立刻上前挡住他们，可又高又大的彝民没费什么劲就把小刘按倒在地，用脚踩住他，连枪带衣服抢了个精光。我真没想到他们会这样对待我们，一气之下，不得不拔出枪，打开了扳机。这时，周围的战士也哗啦一声拉开枪栓。我看到战士们的眼睛都一个个紧紧盯着我，像是在对我说，连长，打吧！……

猛然，党的政策、军队的纪律、上级的命令闪现在我的脑际。这是每个干部、每个党员、每个红军战士的起码觉悟，我怎么能带头违犯纪律呢？我看到指导员罗荣同志虽然被扒得精光，但他赤着身子还在大声喊："总部命令，不准开枪！"

我马上收回了枪，向周围战士命令道："不准开枪！谁开枪谁就违犯党的政策……"我还没说完，就被几个大个子彝民拧着胳膊把枪抢走了。接着，衣服也被抢走了。

我一肚子火冒上来，压下去，压下去，又冒上来，但一想到首长的指示，想到政策，最后还是把火压下去了。

这时，我们突然看到侦察连的同志带着一个人往回走。这个人身材魁梧，头上缠着一条卷成尖的缠头，身上披着一条黑色毛毯，露出的裤脚又肥又大，打着赤脚骑在高头大马上。我心里暗想：侦察连一定捉住了他们的头人，这下可好办了。他们走到我们眼前，那个头人对着我们周围的彝民大声说了句什么话，只见我们周围的彝人都让到了一边，我们虽听不懂他们的话，但看得出他很有权威。听侦察连的同志们介绍，才知道这个人是沽基家族的首领小叶丹的代表，侦察连的同志带着他去见我们总部首长。于是，我们也跟着退出了彝民区。

我们刚走出彝民区不远，就看到路边坐满了红军战士。原来，我们碰到了跟在先遣部队后面的曾保堂的部队。他们一看我们这副模样，便捧腹大笑起来："工兵连真凉快呀！"
"喂！你们到哪儿洗澡去了……"

他们一面笑着一面给我们凑衣服。当时虽然大家都很困难，可是他们还是把自己最好的衣服拿出来给我们穿。这时，曾保堂同志得到报告后过来了，他马上让通信员把他的换洗衣服拿来给我们，并传令凡有三件衣服的（包括身上穿的）拿出一件，凡有两套衣服的拿出一套，马上集中交给工兵连。曾保堂同志怕衣服不够，还让供给处把好一点的麻袋捡一些送给我们。当晚，按照上级指示，我部返回大桥镇宿营。

工兵连从成立以来从未打过败仗，这次不但枪被缴了，连衣服裤子也被扒光了。回来的路上，有的战士又听了些玩笑话，心中更不是滋味，埋怨情绪比较大，有的干部也想不通。

罗荣同志对我说："老王，战士有些反映你听到没有？"

我说："我们有些干部的情绪也不对头。是不是先把干部思想搞通？"

罗荣同志说："好，咱们先开个支委会，意见统一了，再开个军人大会，把道理给大家讲清楚。"

这时，总部派巡视员到连队看望，并对我们说，首长表扬你们工兵连认真执行党的政策。同时告诉我们，刘伯承司令员和沽基家族首领小叶丹结拜了兄弟，红军大队明天会顺利通过彝民区。我向巡视员反映我们的武器和工具都被抢走了，部队有情绪，我们正准备解决。巡视员听了后告诉我，彝民首领小叶丹已答应交还我们的全部东西。我们通过开支委会和深入到班排去做工作，很快扭转了部队的埋怨情绪。

第二天清晨，彝族同胞果真交还了我们的衣服、枪支和工具。部队向彝民区开进。行军途中，我突然感到肚子疼得难以忍受，几个战士围着我，急得没办法。这时，几位首长骑着马走过来，他们看到几个人围着我，便下了马。其中一位首长向我们问道："怎么回事呀？"

通信员小刘说："我们连长着凉得了急病。"

"哦，我看看。"

我一听，声音好熟呀，睁开眼一看，原来是刘伯承司令员。我说："司令员，我们没有完成任务，还……"

刘司令员弯下腰来说："你们模范地执行党的政策，就是完成了一项大任务。"他转过身让身边的医生给我看病，并风趣地对我说："休息一下，马上赶路，要不然又被扒个赤屁股精光。"周围几个同志都笑了起来。

我赶紧站起来要走，这时刘司令员非要我骑上他的马走。我怎么能骑首长的马呢？我极力分辩，但刘司令员不由分说把我推上马背，他自己大步向前走去。

这时，路边、山坡上、山寨里，彝民不分老幼都出来了。他们高声欢呼着，许多彝民加入了红军行列。这次我们执行先遣任务、通过彝民区的经历，使我深刻体会到党的政策的巨大威力和革命战士执行政策、遵守纪律的重要性。

征服夹金山 意外会亲人

杨成武

　　我们红四团完成了夺取泸定桥的任务后，乘胜向西北疾进，先后占领天全和宝兴等地，1935 年 6 月 11 日下午，进抵四川边境宝兴县属的大硗碛。这里是雪山地带的起点，高耸入云的大雪山——夹金山，横挡住我们的去路。

　　夹金山位于宝兴之西北，懋功（今小金）以南，海拔 4000 多米。山上白雪皑皑，雪光耀眼，从山下望去，像是用银子砌起来的。山峰被云层笼罩着，真有"不见庐山真面目"之慨。我们早就听到过许多夹金山奇险的传说，但是，哪怕它再奇险，我们也决心以前卫团的英雄姿态跨过去，为数万英雄红军开辟出前进的道路。

　　为了取得爬雪山的常识和经验，我们组织了几个工作组，深入当地居民访问。年长的老乡谆谆告诫我们：早晨、晚上切勿过山，这时，山上大雪纷飞，寒气逼人，山风四起，遮蔽天日。要通过，必须在上午 9 点以后，下午 3 点以前，而且要多穿衣服，带上烈酒、辣椒，好御寒壮气；还得拿根拐棍，借力爬山。

这时正是盛夏，我们身上只穿一件单衣。这里居民既少又穷，烈酒、辣椒无法买到，能找到的只是每人一根木棍。看来，我们只能以内心的革命烈火去战胜雪山的严寒，用手中的木棍去征服雪山的艰险。

我们把爬雪山将要遇到的困难详细地向部队做了交代，要大家想办法克服困难，做到爬过雪山不落一个人，不掉一匹马。

战士们豪迈地说："乌江我们最先强渡，泸定桥是我们亲手夺过来的，敌人的层层截击都被我们突破，谅这座夹金山也只能乖乖地驯服在我们的脚下。"

"强帮弱，大助小，走不动的扶着走，不能扶的抬着走，让每个战友安全越过夹金山！"

12 日清晨，在洪亮的集合号声中，部队从邻近的几个小村落向大跷碛村集结，进行翻雪山前的动员。每人手中拿着一根木棍，有的小心翼翼地夹在腋下，有的兴致勃勃地上下挥舞。随着"征服夹金山，创造行军奇迹"的口号声，无数根木棍一齐指向天空，像平地竖起的一片无叶的树林。

9 点左右，队伍浩浩荡荡地沿着河旁的小路，向夹金山麓进发了。来到山下，气温骤降，脚下的路冻得梆硬，木棍着地发出"咯咯"的响声。我们一鼓作气，爬上山腰。举目环视，险峻情景，使人触目惊心。左面是深厚松软的雪岩，右边是陡立险峻的雪壁，路中间是晶亮硬滑的积雪，一不小心就会滑下雪岩，越陷越深。先头班用刺刀在雪上挖着踏脚孔，后面的就手拉着手，踏着他们走过的脚印，谨慎地前进。行进间不时响起惊喊声，喊声起处，立刻就有成群的人用木棍、绑腿帮助掉进雪岩的同志往上爬。被救出来的人，很快拍打干净身上的雪块，又继续前进。

山上雾霾弥天，时浓时淡，人行其中，宛如腾云驾雾。山风卷着雪花，漫天飞舞。单薄的军衣，抵挡不住风雪的吹打，脸上、身上像被无数把尖刀划着。我们浑身哆嗦，牙齿打战，就是把所有能披的东西都披在身上，也无济于事。越往上爬，空气越稀薄，呼吸越困难。人们头晕腿酸，一步一停，一步一喘。这时候，要是有谁停步坐下，就会永远起不来。因此，每人都拼尽全身力气，互相搀扶着，同残酷无情的大自然搏斗。将到山顶，突然下起一阵冰雹，核桃大的雹子劈头盖脸地打来，打得满脸肿疼。我们只好用手捂住脑袋向前走。

冰雹过后是万里晴空，阳光耀眼。到了山顶，举目一望，只见千里冰雪，银峰环立，除开山峰上几根孤零零的电线杆和少数民族竖起来的"旗杆"以外，是一片琼玉世界。俯视山下队伍，像一条灰色长龙，蜿蜒而上，把这个一望无边的琼玉世界划成两半。此情景真是："天空飞鸟绝，群山兽迹灭。红色英雄汉，飞步碎冰雪。"

山顶上的一段道路是曲折的盘道，绕着夹金山的主峰，蜿蜒而过。经过四五个小时的紧张搏斗，我们全团人马都安全翻过山顶，无一掉队。下山时，已不像上山那么吃力，山歌声此起彼伏，荡漾山谷。

下至半山，在路边的山坡上，有一群群的牦牛在悠然戏逐。这是我们在跨越夹金山的过程中第一次看见的动物。它们发觉浩浩荡荡沿山而下的队伍，吓得四散奔跑。

将到山脚，一条深沟切断去路，我们只得沿着沟边绕道而下。突然山脚下响起一阵枪声，战士们一个个警惕地注视着前方，握紧手中武器，准备向前冲杀。

团长和我跑向前卫班，观察前面的情况。从望远镜中看见山下不远是一个颇大的村庄，在村子周围的树林中，影影绰绰地有不少人来回走动，他们身上背着枪，头上戴军帽，显然是一支军队。是什么军队？说是敌人吧，他们并没有向我们射击；是自己人？我们是前卫团，前面再没有自己的部队了。这一情况着实使我们纳闷。团长和我研究后，立即派出三个侦察员去探明情况，并试着叫司号员用号音同他们联络。他们回答了，但从号音中也判断不出是敌是我。我们又叫人大声向他们喊话，因距离太远，对方听不见，我们只得以战斗姿态向前推进。忽然，山风送来了一阵很微弱的呼声，我们屏息细听，还是听不清楚字句。于是我们加快速度前进。渐渐地，这声音越来越大了，仿佛听见是"我们是红军！"红军？真的是红军？我正在半信半疑，一个侦察员飞奔回来，他边跑边喊：

"是红四方面军的同志呀！"

"红四方面军的同志来了！"

与此同时，山下也传来了"我们是红四方面军"的清晰喊声。顿时，响起了一片欢呼，震得山谷抖动。万万想不到，就在这个夹金山下，会见了我们日夜盼望着的亲人——红四方面军的同志！

我们蜂拥而下，同红四方面军的同志紧紧握手，热泪夺眶而出，长时间地沉醉在欢乐中。200多天，1万多里的征战，我们遭遇到的是敌人的层层堵击和想象不到的重重困难。此刻突然和另一红军主力，最亲密的同志会合了，我们怎能不激动！怎能不欣喜若狂！

我们欢呼着拥进达维村，红四方面军的同志忙着把自己住的房子让给我们住。红八十八师的首长立即来看我们，同战士们欢谈，还送给我们30担粮食，做面葫芦慰劳我们。村头村尾的每一角落都有一群群的战士在愉快地交谈，互相询问情况。两支红军主力的会师，对红一、四方面军的每一个同志，都是极大的鼓舞。当同志们相互进一步了解到对方艰苦奋斗、英勇奋战的经历后，就更增加了革命的胜利信心。

晚上，我们在达维村的广场上开了一个会师联欢晚会。熊熊的篝火映红了天空，战士们的脸上浮现出欢乐的光辉。在四川民歌、评书、兴国山歌……的间隙中，连续爆发出震天动地的欢呼声。这歌声，这欢呼声，不仅道出了红军战士心头欢腾的情绪，而且是一支雄伟的历史进行曲，它向全国人民宣布：红军的两大主力已汇成一道巨大无比的洪流。

当夜，团长黄开湘同志和我睡在红四方面军同志为我们准备好的床上。在漫长的征战途中，从来没有在这样舒适的环境中睡过。然而，我们久久不能入睡，会师带来的欢乐情绪在我们心头奔腾起伏。后来，我们干脆来个"长夜话"，时而谈起经历过的惊涛骇浪，时而谈起革命的美好远景……

次日，晨曦初露，我们即辞别了红四方面军的同志，八十八师的首长依依不舍地送我们出发。我们怀着无比兴奋的心情，向懋功、毛儿盖继续前进。

毛主席指示我们过草地

杨成武

早就听说，出了毛儿盖、松潘以西，是一片荒无人烟的草地，正因如此，敌军胡宗南等部在松潘一带构筑碉堡，派兵固守，妄图与甘南构成封锁线，迫使我们西走，让红军自己消灭在茫茫的雪山、草地上。

中革军委早已识破了敌人的阴谋，但是，为了麻痹敌人，仍派我们红四团攻打了松潘。当我们悄悄撤出战斗以后，便同全军上下一起参加了筹粮活动，为过草地做了准备。

8 月 17 日清晨，突然接到军团首长通知，要我火速骑马赶到毛儿盖，说毛主席、党中央十分关心先遣团进入草地的行动，四团担任先遣，要我直接到中革军委毛主席那里去领受任务。军团首长还指示我们，最近周副主席病得很厉害，接受了毛主席的指示以后，一定要去看看周副主席。

去军委开会，过去有过，毛主席在会议上我也见过，但单独到军委，从毛主席那里当面接受任务，这还是第一次，心中不免有点激动。

我怀着兴奋的心情，带着骑兵侦察排，从驻地波罗子附近，飞奔党中央的驻地毛儿盖，十几匹快马像一股疾风，忽而飞上高坡，忽而驰下山谷，在一起一伏的高原上，扬起阵阵烟尘。由于急于听取毛主席的指示，我还是嫌马儿跑得太慢。

几十里路，很快就到了。

到了毛儿盖，进入党中央的所在地，我们就直趋毛主席的住处。

毛主席与周副主席住在一起，他们住的房子是藏民用木头架起来的普通房子，分上下两层，按照藏族人民的习惯，底层关牲口，楼上住人。在楼外空地上，我首先碰到保卫局局长邓发同志。我们打过招呼以后，邓发同志热情地与我握手，然后引我进楼去见毛主席。

我们一前一后，登上了通往楼上的小木梯，踏上楼板，听说周恩来副主席住在西屋，现在他病了。邓发同志领着我穿过中间的屋子。这屋子中间的一块大石头上面架着个三脚架，三脚架下面吊着个锅子，这是这里藏区常见的炊事用具，除此外，一张铺。邓发同志说，这是他的住处。邓发同志指着北面一间屋子说："毛主席就住在里面！"

我抑制住内心的激动，认真地整了整军衣，然后大声喊了声报告。

毛主席正俯身观看一张地图，闻声后回过头来，瞅着我说："你来了，很好！"随即与我握手，并指指旁边的木头墩子，要我坐下。

毛主席看出我的激动，有意缓和气氛说："坐下来，慢慢说。"他态度和蔼，脸上露出了笑容。

"主席，军团首长要我直接到你这里接受任务！"我虽坐下来，但仍按捺不住内心的激动。

"对，这一次你们红四团还是先头团！"毛主席点了点头，铿锵有力地说。

"是！"我站了起来。

毛主席一手叉腰，一手指着地图，说："要知道草地是阴雾腾腾、水草丛生、方向莫辨的一片泽国，你们必须从茫茫的草地上走出一条北上的行军路线来。"

稍顿了一下，毛主席又指着地图继续说道："北上抗日的路线是正确的路线，是党中央研究了当前的形势后决定的。现在，胡宗南在松潘地区的漳腊、龙虎关、包座一带集结了几个师，东面的川军也占领了整个岷江东岸，一部已占领了岷江西岸的杂谷垴，追击我们的刘文辉部已赶到懋功，并向抚边前进；薛岳、周浑元部则集结于雅安。在这样的情况下，如果我们掉头南下就是逃跑，就会断送革命。"

他说到这里，用手有力地向前一挥，道："我们只有前进。敌人判断我们会东出四川，不敢冒险走横跨草地，北出陕、甘的这一着棋。但是，敌人是永远摸不到我们的底数的，我们偏要走敌人认为不敢走的道路。"

接着，毛主席又详细地告诉我过草地可能遇到的困难。他说草地不见人烟，连树林也没有，行人走过，有时水可浸到膝盖边，夜间寒冷多雨露，就是白天，也气候多变，忽而烈日，忽而阴天，有时飘来雨雪，绝不能有一点儿大意，必须从各个方面做好最坏的打算。然后，他又具体指示解决困难的办法。说完这些，他又强调说："克服困难最根本的办法，是把可能碰到的一切困难向同志们讲清楚，把中央为什么决定要过草地北上抗日的道理向同志们讲清楚。只要同志们明确了这些，我相信没有什么困难能挡得住红军指战员的。"

然后，毛主席又询问了部队的思想情况和过草地的物资准备情况。

我向毛主席报告说，部队的情绪很高，大家一致坚决拥护中央过草地北上抗日的决定。只要中革军委、毛主席一下命令，我们就坚决向草地进军，为大部队蹚出一条路来。我们有过草地的思想准备，前些日子省吃俭用剩下了一些粮食，沿途再摘些野菜，估计可以挺过草地。只是衣服成问题，每人只有两套单衣，恐怕抵御不了草地的严寒。

"要尽量想办法多准备些粮食和衣服，减少草地行军的困难。"毛主席恳切地着重地嘱咐我这两句话，然后问我是否已找到向导。

我说："已找到一个藏族通司，地形他很熟悉，只是年纪大了，60 多岁！"

"路上走不动怎么办？"毛主席急着问。

"主席，我们已准备了 8 个同志，用担架抬着他为我们带路！"

"这样好！"毛主席高兴地说，"要告诉抬担架的同志稳当些，要教育大家尊重少数民族，团结好少数民族。"他思索了片刻，又继续说："一个向导解决不了大部队行军的问题，你们必须多做一些'由此前进'并附有箭头的路标，每逢岔路，插上一个，要插得牢靠些，好让后面的部队跟着路标顺利前进。"毛主席考虑得真仔细。

我仔细地听着，而且掏出随身带的小本子，认真地记下了毛主席的指示。

最后，毛主席亲切地问："看看，你们还有什么困难？"

我说："我们一定遵照主席的指示去做，有困难我们依靠大家想办法解决！"

毛主席高兴地说："很好！"

我急忙站起来告辞。

毛主席一边与我握手，一边叮咛道："到徐总指挥那里去一下，去接受具体指示。"

"是！"

毛主席又说："去了以后，你再回到这里来一下！"

我说："好！"随即走出房门。

从毛主席那里出来，我就径直往徐向前总指挥那里去了。

徐总指挥热情地接待了我。我按照毛主席的指示，把红四团接受中革军委交与的先头任务做了汇报，他又向我交代了一些具体注意事项。

从徐总指挥那里出来，我又赶紧去看望周副主席，我想从周副主席那里接受一点指示。但是医生劝阻说，周副主席病重，要我暂时不要探望，以免惊动正睡着的周副主席。我只见到了邓颖超同志，她详细地告诉我周副主席的病况，并要我转告同志们不要惦念。当时环境艰苦，粮食极度困难，尤其药物更是奇缺，眼看就要向草地进军，周副主席病重，委实叫我们担心，我们多么希望他快点恢复健康！

离开邓颖超同志的时候，已近黄昏，按照毛主席的指示，我又返回到他的住处，以便看看还有什么事。邓发同志一见我，就问："吃饭了没有？"经他一问，我才想起今天还没有顾上吃东西，真感到有些饿了，而且还要走几十里才能回到我们团部的新驻地，我便说还没有吃饭。邓发同志听了，出去走了一趟，又到了主席房里，不一会儿便端出来个土盘子，盘子里盛着六个鸡蛋般大小的青稞面馒头，一边递给我，一边说："毛主席说，你一天没吃饭，还要赶几十里夜路，叫我把他的晚饭给你吃，吃饱了好回去工作。"

我一听说这六个青稞馒头是毛主席省下来的一顿晚饭，心里十分激动，一时不知如何是好。我知道，眼前粮食十分缺乏，部队都勒紧裤带，把数得出的一点粮食能省的都省下来，准备做过草地之用。邓发同志找不到饭才告诉毛主席，毛主席要邓发同志把他的那一份饭端给我吃，我怎么能吃得下啊！我望着这六个乌黑的小馒头发愣，是啊，这岂止是六个馒头，这是毛主席对下属的一片心啊！

我不能吃！我想毛主席操劳着全军的事情，工作那么忙，一顿饭才吃这么一点东西，本来就吃不饱，如果我再把它吃了，那毛主席就要饿肚子。想到这里，我真后悔，不该在邓发同志面前说没有吃饭，便下决心不吃这六个小馒头。但又一转念，不吃，毛主席会不高兴的，只好吃了两个。邓发同志还要我再吃，我坚决谢绝了。

这时候，毛主席从房里走了出来，笑呵呵地对我说："怎么不吃了，不吃饱不好工作啊！"

"我吃饱了！"

毛主席以慈爱的眼光看了我一会，紧紧地握着我的手说："你看到徐总指挥了吧？好，没有别的事了，望你们完成任务！"

我向毛主席敬过礼，便离开毛主席住处，飞身上马，率领骑兵侦察排向驻地奔去。

西北草原的秋夜已有一丝寒意，何况还下着蒙蒙的细雨，但是我的心里却是热乎乎的。一路上，毛主席的亲切、明确的指示，不断地在我耳边回响着。草地艰难困苦的情况像一幅图画展示在我的眼前。是的，过草地是向神秘莫测的大自然挑战，还要粉碎反动派的骑兵袭击，许多想象不到的困难在等待我们。但是，当我一想起中革军委的关怀，想起毛主席的指示"你们必须从茫茫的草地上走出一条北上的行军路线来"，就感到肩负的任务无上光荣，觉得眼前的道路明亮无比，也觉得浑身是劲，对前进的道路充满了信心！

过草地

杨成武

1935 年 8 月 21 日清晨，我们红四团肩负着党中央和毛主席的期望向草地进军了。

我们从毛儿盖出发，沿着通往松潘的大路前进。经过一个叫七星桥的村庄，进入一个无名的山谷——草地的边缘了。

这个青翠的山谷里有一片密密的树林。按照出发前发出的命令规定：每个战士都必须拣些干柴枝，以作为途中烧水、烤火之用。每人还必须背上一些用木头做的上面写着"由此前进"的路标。此时，我们先头团每个战士身上，除了随身携带的武器、背包外，还背了几斤干粮，如今又添上一些柴火、路标，负重增加了，行军也更加艰难了。

我们艰难地翻山越岭，穿过这片树林，便踏入了茫茫的草地，草原茫茫无边，笼罩着阴森迷蒙的浓雾，根本分不清东南西北。草丛里河沟交错，积水泛滥，露在外面的水呈淤黑色，散发着腐臭的气息。这里没有石头，没有树木，更没有人烟，有的只是一丛丛长得密密麻麻足有几尺高的青草。在这广阔无边的泽国里，简直找不到一条路，脚下是一片草茎和长年累月腐草结成的"泥潭"，踩到上面，软绵绵的，若是用力过猛，就会越陷越深，甚至把整个身子都埋进去，再也休想从里面爬出来。

60多岁的藏族通司看到我和团长拿着望远镜发愣，便从担架上下来。他挂着拐杖，走近我们，用不太流利的汉语说："往北，只能走这条路！"

我点点头。可是，心里在想，路在哪里？这一片茫茫泽国！

"只能拣最密的草根走，一个跟着一个。过去，我就是这样，几天几夜走出了草地！"老通司讷讷地补充道。同时，他又告诉我们，草地上的水淤黑的，都是陈年腐草泡出来的，有毒，喝了就会使肚子发胀，甚至中毒而死。别说喝，就是脚划破了，被这毒水一泡，也会红肿溃烂。通司的话很重要，团长与我商量后，立刻作为一条纪律——不准用草地上有毒的水，命令一个个传下去。稍做停顿，我们便按照通司的要求，一个跟着一个，小心翼翼地踏着密集的草根，一步一步地往前走去。由于天阴又有浓雾，根本分不清方向，好在我们可以靠通司和手中的指北针。

草地天气一日多变，早晨浓雾蒙蒙，天昏地黑；中午突然一阵狂风，天空忽然晴朗；午后，乌云密布，大雨滂沱。

黄昏时，由于被这一阵莫名其妙的暴雨袭击，河水挡住了去路，我们只能在一个稍高的小坡上露营。

我们首先安排了通司的休息处。为了保护这位老人，用一块油布搭了帐篷，让他睡在里面。我们与战士们一起，把背包当作凳子，相互背靠着背，以对方的体温取暖。宣传队有个叫郑金煜的小鬼，虽然只有 17 岁，人却很聪明，他一路上贴身藏了几根柴火始终没有淋湿。我们就用这几根柴火当引火柴，好不容易点燃了。大家烤火时，又烧了一脸盆开水，每人分着喝了一小杯。有的还就着水拌着青稞麦面吃了一点，好像这一吃就解除了饥饿与疲劳似的，不过走了一天，这也许是草地上最好的一顿饭了。

吃过饭，大家正想睡上一觉，怎知天公不作美，骤然间又下起倾盆大雨，雨中还夹杂有冰雹。油布、树枝棚子、油纸伞都不顶用了。天漆黑，四野茫茫，走也没法走，我们只能硬挺挺地坐着，忍受着，雨水直往身上淋，衣服都湿透了，全身冻得直发抖，但是谁也没有作声，谁也没有半点怨言。就这样，背靠着背，半醒不睡地坐着，给雨淋着，度过了茫茫草地上的第一个长夜。

第二天拂晓时分，我们命令吹响集合号，在号音中大家揉了揉眼睛，收拾了一下简单的行装，抬起又酸又重的两腿，又继续上路了。

我们按照通司的话，向草地的中心部进发。

越往草地中心部，困难越是严重。

草地中心的气候更是捉摸不定，时风时雨，忽而漫天大雪，忽而冰雹骤降。

第二天下午，我们抬着通司走完了几十里地，来到一座山背上，迎着飘雪，通司指着不远处一块山丘说："那是分水岭。"

我们又走了几里地，爬上这个既没有树木，也没有石块的山丘，眼前闪亮着一条河流。通司一边帮我们插着路标，一边看着眼前的河流说："我们从毛儿盖来，经过的河，都往南流入岷江了。以后那水又流到宜宾汇合到长江了。过了前面那个小山，这河里的水就由南往北流，进入玛曲江后，就流到黄河里去了。所以那叫分水岭。"

听完他的介绍，再极目北望，果然北面是一片水域，原来川康高原、青藏高原上的雪水都流到这里，肥沃的草地成为泽国，正是它常年不息流动的结果。

我们在"分水岭"插上路标，又继续前进。这里由于地势偏高，地面比较坚硬，河水不时地从我们的旁边流过，而随着水势，冲刷出一条弯弯曲曲的水道，看起来十分绮丽，它铺在绿油油的草原上，像一条条彩虹扯成"之"字形的图案。战士们高兴极了，恼人的草地上居然还有这样迷人的地方，简直可称是草地的花园了。但是好景不长，如果说，沙漠上可以看到"蜃楼"，那么草地上现在见到的只是片刻的"海市"。不用多久，我们便陷入比头两天还要艰难的困境了。也许，这里才是典型的草地哩。

你瞧，绿茸茸的水草，全泡在水里，一脚下去，水没到膝盖，"路"都浸在污浊的水里，地下是多年的腐叶败草，土质松软，一伸出脚，至少陷进半尺，许多人的草鞋给泥巴沾去了，而且连找也没法找。更可恶的是隐没在这水草下无底的泥潭，人与马陷入，愈挣扎愈往下沉。假若别人援救，那连救的人也要陷下去。偏偏这时又下起雨来，大家怀着如履薄冰的心情，踏着前人的足迹，慢慢地前进。而且每走一步，都要慎重地举起，慎重地踏下，纵然如此，还是一不小心就会陷下去了。小战士谢德全就是如此大半截身子陷在泥水里，手抓住一把草拼命地挣扎着，幸亏我和同志们离得近，急忙靠上去，把他救了出来。

我们又走了一段艰难的路，总算在黄昏前赶到一个难得的小山坡，于是全团就地宿营。

夜，既漫长，又寒冷，霏霏的细雨更使人难受，我们只能用老办法，几个人挤在一起，背靠背地取暖。但是，今天雨虽然小些，地上的水却比昨天要多，特别连着淋了两天的雨，战士们的衣服都湿透了，坐下来比站着更冷。于是，大家索性站了起来。就这样，全团同志在风雨中站着，眼睁睁地盼着天亮。天快亮时，前方突然传来了枪声，前卫营的侦察员跑来报告，说发现国民党反动派和藏族上层反动武装骑兵来骚扰。原来，松潘的国民党反动派发现我们往草地进发，就唆使他们来袭击，可是我们早就有了准备，只用一个连，便很快把他们打垮了。

赶走了反动的藏骑，天已大亮，在通司的带领下，我们继续往前，一连又走了两天。我们已经进入草地第四天了。连日来风雨、泥泞、寒冷的折磨和饥饿的煎熬，使同志们的身体明显衰弱下去了。战士的脸色苍白、蜡黄，身上的衣服破了，有的只剩下筋筋条条，有的感到两腿酸软无力，举不起步。但是，我们牢牢地记住了党中央、毛主席的指示。越困难，大家团结得越紧。身体较强的同志搀扶着身体弱的同志走，并把自己的粮食让给他们吃，希望他们增加一些力气，走过草地。我们几个团的干部的乘马和所有的牲口也都抽出来组成了收容队，轮流驮送伤病员，但还是有不少同志倒下了。当我们熬过一个夜晚，离开宿营地继续前进时，有的战友就长眠在我们共同躺过的营地上。在这些光荣牺牲的同志中，留给我印象最深的是那个把四根柴火藏在贴身处的小宣传队员郑金煜。

　　郑金煜同志是江西石城人。这个小老表，个子不高，但长得十分秀气，人也挺机灵，冲锋打仗更是不含糊，是个非常惹人喜欢的红小鬼。他因为工作积极，作战勇敢，16岁就入了党，进入草地时是团部党支部的青年委员。刚开始草地行军时，他精神抖擞，不知疲劳，柴火拣重的背，工作拣难的做，不但行军走在前头，还抽空搞宣传，他不仅能唱几支好听的歌，而且还会讲故事，讲得有声有色。前两天，他那活泼的身影从队伍中消失了，一问，才知道他病了。我还特地去卫生队看了看他，他烧得厉害，但还让人搀扶着自己走。我嘱咐卫生队的同志好好照料他。过了一天，郑金煜同志病况恶化，已经不能走了。因为地势高，严重缺氧，引起呼吸困难，身体瘫软，但他很坚强地对同志们说："我在政治上像块钢铁，但我的腿不管用，我要掉队了，我多么舍不得你们啊！"听到这个消息，我十分焦急，我命令饲养员老谢，把我的乘马给郑金煜骑，并且把我们的干粮匀给他吃。后来，他衰弱得连腰也直不起来，马也不能骑了，我们就用老办法，用背包在前后把他身子支撑起来，再用绳子把他绑在马背上，叫一些同志轮流扶着他走。怎知道，这天中午，忽然后面传话上来，说："郑金煜同志要政委等他一下，他有话同政委说！"我知道有问题了，便怀着沉重的心情站在路旁等着，远远地望见老谢牵着牲口，步伐沉重地走来。

"小郑！"没等他们走近，我奔了过去。

"政委！"郑金煜同志听到我的声音，强打精神，微微一笑，少顷，他又无力地闭上眼，只见他面如白蜡，额头沁着汗。

"怎么样，不舒服吗?"我问。

"政委！"他又强睁开眼，用颤抖的声音断断续续地说："我不行了，感谢你对我的照顾。我知道党的事业一定会胜利！革命一定会胜利！……政委，我确实不行了，我看不到胜利那一天了。"说到这里，他的眼泪夺眶而出，站在我身边的警卫员和饲养员也泣不成声。

我极力控制住感情，轻声地安慰道："小郑，不要多想，我们很快就要出草地了!"

他摇了摇头,经过一阵急喘后,他用那微弱却又是十分坚定的语调说:"政委,希望党的路线胜利,革命快胜利,胜利后,如果有可能,请告诉我的家里,我是为了革命的胜利牺牲的!"

我无法再抑制自己,不禁泪珠从眼眶滚了出来。我抹去泪珠,对郑金煜同志说:"郑金煜同志,你一定能走过草地,同志们一定帮助你走过草地!"

随即,我叫警卫员把水壶交给老谢,交代老谢好好照料他,无论如何要把他带出草地。

可是,到了下午,郑金煜——这个年轻的优秀共产党员,就在这风雪交加的草地上,为革命献出了宝贵的生命。

我站在小郑的遗体旁边,心潮起伏,思绪万千。残酷无情的草地,夺去了我们多少战友宝贵的生命,不少同志在草地的短短几天经受饥寒交迫的折磨,把全身的每一分热,每一分力气都消耗尽了。他们在死前的瞬间还非常清醒,还念念不忘革命,还希望北上抗日,迈完征途的最后一步。可是,缺氧、风雪、饥饿、寒冷却夺去了他们的生命。

经过四天艰难的行程,到了色既坝。色既坝是一条岔路口,往右可通松潘、往左通往班佑。部队进入三岔路口,藏族通司双手合十祈祷,说是神灵保佑,他安全过来了。这个一头白发、心善面和、一路上很少说话的老头,做完祈祷,欣喜地告诉我们,色既坝是松潘通往阿坝的主要商道,当年他过草地，要不是商队相救，恐怕也到不了这里。那真是九死一生啊！如今红军这么多人居然过来了，真是了不起，他竖起大拇指连连称奇，而且把我们赞为神兵。

这时，军团发来敌情通报，敌薛岳部已抵天全、芦山，胡宗南部见我进入草地后，也火急赶到松潘，甘肃敌新编十四师鲁大昌部亦往北边压来，胡宗南所部一部分从西安开始往西北移动，马步芳部亦从西北往南移动……

我笑笑说："看来蒋介石又搞'合围'的老把戏了！"

"是啊，他想把我们堵在水草地里！"黄团长说。

"可惜，我们抢先一步，出了色既坝。"我说，"我们这条火龙又游出来了，现在更加感到，中央走出草地，北上抗日的路线完全正确。"

敌人是无法想象的，四天四夜越过水草地，风霜雨雪加冰雹，气候一日多变，我们没有棉衣穿单衣，没有交通工具，双脚泡在水里，从天蒙蒙亮一直到黑夜，饿肚子，连喝水都很困难，有时还得通宵淋雨等到天明，行军、作战，一路上千难万苦毫无怨言，为的是什么？信念——对事业，对革命，对北上抗日的路线的信心，对共产主义的远大理想。我们坚信一定会胜利！

在千里雪山中

成仿吾

1935 年 6 月，红一、红四方面军懋功会师后，干部团跟随方面军继续北上。在翻越了又一座大雪山——梦笔山后，来到卓克基，这是一个较大的藏民集中地。干部团在卓克基休息了几天之后，又开始前进。路过马尔康，有一个大喇嘛寺，大家进去参观了一下。喇嘛还没回来，我们的部队好像也没驻扎过。

这一带地形非常险要，周围许多山上都有积雪，又时常下雨，河流错综复杂，遇到森林，古柏苍松遮蔽了天日，部队总是在河流边过来过去，森林密得不知多深，常有敌人从密林中放冷枪，我时有伤亡，但亦无法搜索。这次干部团整队前进，敌人一枪击中我前队一人，抢救无效，敌人渺无踪迹。

80 里路过梭磨，走得很疲劳，有的单位深夜才到。梭磨有一座能容纳几千人的大喇嘛庙，总司令部的直属单位驻在里面。周围有一些村子，都不大，许多单位挤在一起。又走了70里路到马塘，只有几家小商店，平时专门收买附近的药材、羊毛等货。所以部队的绝大部分都露营，夜间又雨雪纷飞，弄得大家的衣服被毯全部湿透，根本无法睡觉。在马塘休息了一天，把衣服烤干。第二天拂晓出发，翻过高约50里路的马塘梁子，在山顶饱受风雪，夜间才到马河坝。沿路未见藏民，房屋也都是空的。在马河坝休息两天之后，进到则格、黑水、芦花等地。汉族军阀与当地反动派曾经给藏民订了严格的"惩治条例"，如帮助红军带路、当通司，或卖给粮食者，均处死刑，不执行坚壁清野，则所有牛、羊、粮食等财产一律没收；不同红军作战，亦按"叛逆"治罪。这种反动纪律逼得藏民不得不逃避，但是更深入藏族地，汉族军阀的反动势力就逐渐减弱，藏民也有陆续回家的。

这时已经是7月初，这一带的青稞麦已经带淡黄色，勉强可以收割了，为了解决粮食问题，我们只好割麦子煮熟吃，同已经回来的藏民研究，按当地的粮价，付给现款，或请他们转给那些尚未回来的藏民。于是全体指挥员、战斗员，除伤病员外，大家都参加割麦，除各单位自己食用外，还得供应担任勤务的部队。总部考虑到前面粮食更加困难，并命令各单位储粮秣10天，所以割麦成了当时的紧急任务。

每天早晨8点，各连队就集合，整队向能够收割的麦地出发，红军指战员一群群地奔向指定地区，投入割麦的劳动。大家虽然腹内是一个半饱的状态，但都是兴致勃勃，歌声不断地响遍田野。

朱总司令也走过来同战士们一起割麦。他素来爱好劳动，在井冈山时期，他用那条"朱德的扁担"同战士们一起，从山下往山上挑粮食。现在虽然又添了几岁，但是仍不甘示弱，他把麦子割下以后，还从一二十里远的地方挑五六十斤回来。他的模范行动对大家影响极大，有些干部只挑回四五十斤，对比之下都感到不好意思。当时年纪最老的徐特立同志也来帮助弄麦子。因为等着下锅，所以有时麦子挑回来之后，大家用双手把麦穗简单地搓几下，就煮着吃。青稞麦不好消化，往往吃进去是麦子，拉出来还是麦子。

周副主席是搓麦的能手，还在贵州地区，他就带头用两块瓦片搓谷子，保证了部队有饭吃。他虽然工作很忙，这次也抢着弄麦子，对大家鼓舞很大。

黑水、芦花还算比较有粮食的地区，我们在这一带，除了自给之外，还供应前线部队。如有的团远远伸出，靠近敌区，在雪山上粮尽，挨饿受冻，已至山穷水尽，急电求援，就必须组织力量，冒着风雨赶运粮食去。军委在芦花城设了一个筹粮委员会，担任筹集 60 万斤粮食的任务。为此，组织了人力，在几个出产粮食的地区分头筹粮。

由芦花城沿黑水东下，经过三天路程，到达瓦布梁子。这是一条很高的山岭，周围有 10 多个村庄，共有藏民数百户，是黑水、芦花一带较富庶的地区，出产大麦、小麦、荞麦、洋芋、萝卜，还有猪、牛、羊等，并产盐。这里离汉人居住的地区较近，懂汉话的人颇多。红四方面军一部曾经过这里进入芦花，当时藏民都逃避一空，后来找到了曾到过成都的通司，由于他们努力宣传，回来了一部分。这次筹粮委员会的工作队，更使用大力做了争取藏民群众的工作。出了保护藏民的布告，在藏民的田地里插了保护牌，责令一切部队不得侵犯，对回家的藏民每家发了保护证，工作队还派人到各村去召开藏民群众会，经过通司翻译给藏民听，详细宣传红军的主张。藏民回来的更多了，对我们的态度更好了，不但不怕我们，而且喜欢和工作队接近，常找工作队谈话，问这问那，毫无拘束。他们已经晓得共产党、红军对他们很好，愿意帮助我们做事。我们一两个工作人员，在这地区来来往往，也没有什么危险。

因为我们在藏民中的影响已经扩大，我们和藏民的关系已经改善，我们就广泛地宣传，号召藏民起来反对汉官、军阀的压迫，组织藏民自己的人民革命政府。这一次宣传得到广大藏民的拥护，我们就开始召开各地藏民大会，成立藏族人民政府，在这一地区前后组织了六个乡的藏族人民政府，都是经过民主方式，选出了代表及主席。这些代表和主席当选后，都感到很荣耀，努力做好各种工作，很积极帮助红军。最后工作队召集了六个乡人民政府的代表会，成立了瓦布梁子区藏民革命政府，于是瓦布梁子到处飘扬着自由解放的鲜红旗帜。

在这样的工作基础上，我们在瓦布梁子筹集了不少的粮食。一方面，我们发动藏民割那些群众痛恨的恶霸的麦子，由群众与红军各分一半；另一方面，向那些豪富大户借粮。约半个月就完成了筹粮计划，除了筹粮外，我们还在这里分三个地区熬盐，每天能出点盐，也解决了部队的一些困难。

　　这许多粮食，我们组织了藏民运粮队，运到芦花，或其他需要的地方。参加运粮队的藏民都很积极，不要报酬，自带糌粑路上吃。我们离开瓦布梁子时，把旧区乡衙门的粮食发给了藏民群众，许多藏民从远道来背粮食，群众都不愿意我们离开，依依不舍。我们从黑水、芦花一带陆续向仓德、打鼓地区移动，行程一百数十里，要爬过仓德梁子这座大雪山，这个雪山在这一带大概是最高的山，从山下至山顶有60多里。我们选了比较好的天气，没有下雪，也没有大风，但空气还是很稀薄，个别同志牺牲了。由于近来给养困难，大家总感到腿软无力，前进十分艰难，但大家都是互相搀扶，互相鼓励。这座大雪山终于被我们不屈不挠的革命毅力克服了。

　　打鼓分上、中、下打鼓三个村子，有百数十家，藏民都被反动派胁迫逃走了。由于地势较高，麦子还未成熟，田野还是一片青绿色。因此我们主要靠吃豌豆尖、野菜等过日子。各单位每天轮流派一些人去找野菜，这里豌豆种得多，就把叶子当粮食吃。炊事班在一大锅豌豆尖里，按每人每天三两青稞麦的比例，抓几把青稞麦子放进去，有时我们打一桶"饭"回来，尽是青菜，若想弄到几粒麦子，要像河里捞鱼那样，费力大而收效少。大家肚子里经常叽里咕噜，一人开始，大家就共鸣起来。

朱总司令最善于找野菜。他先组织一个"野菜调查小组"，亲自带领着小组到山上或原野，找出一些认识的，可以吃的野菜，挖出带回来，分类洗干净，煮着吃。然后他又动员大家去找，把大家过去吃过的野菜都挖来，这样经过大家的努力，最后竟找到了几十种可吃的野菜，解决了不少的问题。

离开打鼓，向沙窝移动，路程约100里。出了村子，就看见路边有一块木牌子，上面写着："上午9点后，不准前进！"大家就知道前面还有大雪山，中间没有人烟，出发太迟，当天不能到达。但是大家经过了许多高山，对雪山也司空见惯了。虽然感到身体瘦弱了，意气仍不减当初，一个个奋勇前进。走到距山顶还有20里的地方，大家的呼吸开始短促起来了，脚步也不知不觉地缓慢下来。但是越发鼓起劲来，逐渐爬上了山顶。大家已经藐视了"山神"，在山顶上环顾四周，洋洋自得。

干部团的陈赓、萧劲光等同志大赏雪景。有人提议吃雪，从雪层中扒出一碗，问谁有糖精，就有人拿出一小纸包糖精来共享，许多人就大吃起来。也有人反对，说"你们不要看它外表洁白，上它的当，若把它煮开，本来是又黑又脏的污水呀！"大家还是你一缸、我一碗地吃着，有人甚至夸奖它比上海南京路冠生园的冰激凌还美味，别的人批评他替冠生园做义务宣传，争论起来。最后有人说，等我们解放了上海再做结论吧！

突破腊子口[*]

杨成武

1935 年 9 月下旬，红军胜利走出草地之后，张国焘坚持其南下的错误方针，并企图危害党中央，分裂红军，党中央毅然采取果断措施，决定率领一方面军的一、三军团及中央直属纵队近万人，继续北上。一军团为前卫，在此之前，已奔向腊子口，中央机关在一军团后面，彭德怀、杨尚昆同志率领的三军团为后梯队。

9 月 14 日，我们红四团到达甘肃境内白龙江边的莫牙寺。15 日黄昏，师部通信员送来一封信，信中写道："军团首长命令即速继续北进，着第二师第四团为先头团，向甘肃之南的岷州前进，3 日之内夺取天险腊子口，并扫除前进途中拦阻之敌人！"接到命令后，我们立即召开团的主要干部会议，研究分析情况，做好行动的一切准备。

---

* 本文节选自《突破腊子口与哈达铺整编》，收录时做了适当修改。

从莫牙寺到腊子口足足有 200 来里，那里有敌鲁大昌的新编第十四师驻守，除了派出第一旅旅长梁应奎率领重兵在腊子口以南重重设防外，还在岷县城外大拆民房，扫除障碍，扩大射界，添设碉堡，妄图阻击我军进入陕甘地区。

我们面前的困难是很大的，但是我们坚信四团可以完成这个光荣而艰巨的任务。我们决定连夜行动。经过近两天两夜的行军，我们离腊子口不远了。9 月 17 日午后 4 点左右，腊子口方向传来了密集的枪炮声，我们的先头一营已与敌人交上火，天险之战的序幕揭开了。

黄开湘同志与我策马疾驰，待我们到达腊子口时，一营正和敌人打得不可开交。由于是白天，加上周围都是石山，我们无法隐蔽，被敌人的机枪火力和冰雹般的手榴弹挡了回来。

我们立即领着全团的营、连干部，到前面察看地形。用望远镜抬头看去，果然地形极为险要，沟沿两边的山头，仿佛是一座大山被一把巨型的大斧劈开，既高又陡，周围全是崇山峻岭，无路可通。从下往上斜视，山口只有 30 来米宽，两边绝壁峭立，腊子河从河底流出，水流湍急，浪花激荡，汇成飞速转动的漩涡，水深虽不没顶，但不能徒涉。在腊子口前沿，两山之间横架一座东西走向的木桥，把两边绝壁连接起来，要通过腊子口，非过此桥不可。桥东头顶端丈把高悬崖上筑着好几个碉堡。据俘虏说，这个工事里有一个机枪排防守，四挺重机枪对着我们进攻必须经过的三四十米宽、百十米长的一小片开阔地，因为视距很近，可以清楚地看到射口里的枪管。这个重兵把守的碉堡，成了我们前进的拦路虎，石堡下面还筑有工事，与石堡互为依托。透过两山之间30米的空间，可以看到口子后面是一个三角形的谷地，山坡上筑有不少的工事。就在这两处方圆不过几百米的复杂地形上，敌人有两营之众，此外还有白天被我们击溃逃到这里的敌人。口子后面是腊子山，山顶覆盖着白雪，山脉纵横。据确切的情报，敌鲁大昌部2个营扼守着口子后面高山之间的峡谷，组成交叉火力网，严密封锁着我们的去路。

我们发现敌人有两个弱点，一是敌人炮楼没有盖顶；二是口子上敌人的兵力集中在正面，凭借沟口天险进行防御，两侧因为都是耸入云霄的高山，敌人设防薄弱，山顶上没有发现敌人。

敌人石堡旁边的悬崖峭壁从山脚到顶端，有七八十米高，几乎都仰角八九十度，山顶端是圆的，而石壁既直又陡，连猴子也难爬上去；石缝里零零星星地歪出几株弯弯扭扭的古松，敌人似乎没有设防，可能是因为它太陡太险。团长和我边观察边研究，觉得倘若能组织一支迂回部队从这里翻越上去，就能居高临下地用手榴弹轰击敌人的碉堡，配合正面进攻，还可以向东出击，压向口子那边的三角地带。可这面绝壁看着都叫人眼晕，如何上得去呢？

现地观察回来，我们就在离口子200多米远的小路旁一个小树林子里召开干部会，又召集连队的士兵开了大会，研究战斗方案，重点是能否攀登陡壁，要大家献计献策。一个贵州人伍的苗族小战士毛遂自荐，说他能爬上去。大家都惊奇地望着他。当然，只要有一个人能上去，就可以上去1个连，1个营。事关大局，我专门同这个苗族小战士谈了话。他虽然只有十六七岁，但看上去俨然是个大孩子了，身体结实，脸上略带赭黑色，眼睛大而有神。他说，他小时在家采药、打柴，经常爬大山，攀陡壁，眼下这个悬崖绝壁，只要用一根长竿子，竿头绑个结实的钩子，用它钩住悬崖上的树根、石嘴，一段一段地往上爬就能爬到山顶上去。于是，我们把希望寄托在这个苗族小战士的身上，决心做一次大胆的尝试。

腊子河水流太急，难以徒涉，我们就用一匹高头大马把苗族小战士送过去。绝壁紧贴着腊子河，我们站在这边的小树林里，看他用竹竿攀缘陡壁。这里离敌人虽仅200来米，但向外突出的山形成了死角，敌人看不到我们。那小战士赤着脚，腰上缠着一条用战士们绑腿接成的长绳，拿着长竿，用竿头的铁钩搭住一根胳膊粗细的歪脖子树拉了拉，一看很牢固，两手使劲地握住竿子，一把一把地往上爬，两脚用脚趾抠住石缝、石板，到了竿头顶点，他像猴子似的伏在那里稍喘了口气，又向上爬去……

他终于上去了！我们这才感到脖子已经仰得有些发僵了，不由得长长地舒了口气。他在上面待了一会儿，又沿着原来的路线返回来了。我们握着他的手，向他表示祝贺。

天将黄昏，我们又抓紧时间，做两面出击——翻山迂回和正面强攻的准备工作。团长和我研究决定，迂回部队由侦察队和通信主任潘锋带领的信号组以及一连、二连组成。正面强攻的任务由二营担任，六连是主攻连。在这个艰巨任务面前，为人笃厚的黄开湘团长对我说："政委呀，过泸定桥你在前面，这回我来带翻山部队迂回敌人，你在正面统一指挥！"团长摆出一个无可争辩的姿态。我笑了笑，心想由团长带领迂回部队，当然是把握十足的，就说："好！我在下面指挥强攻。"

我们当即把情况和决定向师和军团首长做了报告。军团政委聂荣臻和陈光师长等来到了前沿指挥所，首长询问了情况，又观察了一下地形、敌情，然后肯定了我们的决心，并将军团的迫击炮配属给我们。

于是，团长与我立即分头行动。我们预计迂回部队要在凌晨3点才能到达预定地点，便规定好，他们到达目的地后，发出一红一绿的信号弹，然后正面发起总攻，同时规定了总攻的信号为3颗红色信号弹。

黄昏前，迂回部队已动员完毕，不用说同志们有多高兴了。他们和侦察连的同志们组成一个整体，并且集中了全团所有的绑腿，拧成了几条长绳，作爬崖之用。勇士们一个个精神饱满，背挂冲锋枪，腰缠十多颗手榴弹，在黄团长的率领下，开始渡腊子河。徒涉、骡马骑渡都不好实现。他们砍倒沿河的两棵大树，倒向对岸，一下子就添了两个独木桥。

几百人渡过去了，太阳已经落山了。还是苗族小战士"云贵川"捷足先登，将随身带着的长绳从上面放下来，后面的同志一个一个顺着长绳爬上去。

正当团长率领迂回部队渡河、攀登时，我又跑到担任突击队的六连进行了紧急动员，将主攻腊子口的任务交给了六连。

当晚，六连连长、指导员带领20名突击队员乘着朦胧夜色，开始向敌人桥头阵地接近。为了麻痹敌人，六连从正面向敌人展开了猛烈的进攻，那20名突击队员在连长、指导员的指挥下，以正面密集的火力做掩护，手持大刀和手榴弹，悄悄向隘口独木桥边运动。狡猾的敌人凭着险要的地形和坚固的炮楼，有恃无恐地蹲在工事里一枪不发，等到我们接近桥边时，就投下一大堆手榴弹向我们反击。突击队员们待敌人的手榴弹一停，又冲了上去，但几次冲锋都没成功，伤亡了几个同志。于是，我们向敌人展开了政治攻势，喊道："我们是北上抗日的红军，从你们这里借路经过，你们别受长官的欺骗，让路给我们过去吧！""赶快交枪，交枪不杀，还发大洋回家！"顽固的敌人不管我们怎么宣传，还是骂我们并吹牛说："你们就是打到明年今天，也别想通过我们鲁司令的防区腊子口！"

敌人的谩骂与手榴弹的还击，激怒了我们的勇士，他们纷纷要求再次冲锋，而且立誓：明天一定拿下腊子口！毛主席和军团首长这时又一次派人来前沿了解情况。上级首长的关怀，激励了我们的斗志。大家统一了思想，重新组织火力与突击力量，再次向敌人发起了猛烈的进攻。可是，接连攻了几次，还是接近不了桥头。敌人扔过来的手榴弹，一个个在地上乱滚，炸裂的弹片在桥头 30 米内的崖路上铺了厚厚的一层。我命令六连不要再继续猛攻，只进行牵制性的战斗，等待迂回部队到达预定位置发出信号后，再一起给敌人来一个总攻击。

在黑暗中我忽然听到几个战士在低声谈论："敌人对崖路封锁太严啦！单凭正面猛攻恐怕不行。"战士们的话忽然提醒了我，于是，我交代党总支书记罗华生同志，要他与六连的领导一起从党团员中抽出十几个人组成突击队，其他同志仍旧原地休息。没多久，前沿又响起了枪声和喊杀声。

3 点前，全团饭后进入总攻位置。我遥望河对岸山那边，急切地盼望黄团长发来信号，为了万无一失，让参谋长李英华指定三个通信员专门瞭望右岸悬崖上空。我看着表上的指针在不停地运转，4 点过去了还不见动静。正在焦急，六连的通信员跑来向我报告，说六连的突击队冲到桥下去了！我立即赶到桥的附近，果真，六连的战士偷偷地涉水过河到了桥那头。原来，在一个多小时以前，当我们队伍拉到后面休息时，敌人真以为我们无能力进攻了，于是都缩进碉堡打起盹来。六连又组织了 15 名突击队员，他们一个个背插大刀，身挂手榴弹，有的还配有一支短枪，趁着天黑，分作两路，一路顺河岸崖壁前进，摸到桥肚底下，攀着桥桩运动到对岸；另一路先运动到桥头，待前一路打响，就一起开火，给敌人来他个左右开弓，两面夹击。霎时，另一路也扑了过去。

我一边看着突击队勇敢冲杀，一边还想着对岸山顶上的信号弹。正当我万分焦虑与盼望之际，右岸高峰上面突然升起一颗红色信号弹。紧接着又升起一颗绿色信号弹。"黄团长的信号！"战士们顿时欢腾起来了。"发信号弹！"我命令通信员。通！通！通！接连三颗红色信号弹射向天空。

"总攻开始了！"战士们欢呼，山上山下响起了嘹亮的冲锋号。只见六连的同志们抡起大刀，端起步枪，在敌人中间飞舞，猛击。右面悬崖上的部队在黄团长指挥下，看准下面没有顶盖的炮楼和敌人的阵地，扔下一个接一个的手榴弹，所有的轻机枪和冲锋枪也一齐开火，直打得敌人喊爹叫娘。晨曦中，总攻部队开始过河了，全团的轻重机枪也一齐向隘口炮楼逃出来的敌人扫射。没用多久，我们就抢占了独木桥，控制了隘口上的两个炮楼。我见初战获胜，便命令总攻部队兵分两路，沿着河的两岸向峡谷纵深扩大战果。

我与部队一起跨过小桥，正向敌冲击时，遇到了从山顶上摔下来的通信主任潘锋同志，经了解才知道，山顶到处都是悬崖陡壁，又不能照明，迂回部队只好摸黑行进，花了大半夜时间才找到了一条出击的道路。

经过两个小时的冲杀，我们突破了敌人设在口子后面三角地带的防御体系，夺下了一群炮楼，占领了敌人几个预设阵地和几个堆满弹药、物资的仓库，全团一边作战，一边就地补充弹药，随后向敌人发起了更加猛烈的攻击。敌人退至峡谷后段的第二道险要阵地后，又集结兵力，扎下阵脚，顽固抵抗，企图等待援兵到来之后一齐向我反扑。被我迂回部队截断的一个营的敌人，这时也疯狂向我侧击。我立即命令第五连配合崖顶上的我一连、二连消灭这股敌人。经过连续冲锋，敌人被压到悬崖绝壁上，然后就缴了他们的枪。与此同时，我们还集中其余所有兵力向敌人的第二道阵地冲击。在我炮火、机枪的猛烈射击下，经过我二营近一小时的连续冲锋，敌人终于全部溃败了，我全部占领了天险腊子口。

残敌向岷县方向败退，我们立即命令第二营、第三营跟踪猛追。我追击部队一鼓作气，连夜插向岷县，占领了岷县城东关。甘肃之敌为之震惊，以为我们一定要马上打岷县城了。但次日我们接到军委的命令，要我们挥兵东去，乘胜占领哈达铺。至此，腊子口一战结束。

党小组当先锋[*]

陈国辉

  历时一年的长征中，我在红一军团二师五团二营当机枪排长，同时担任党小组长。我和全小组的党员同志积极开展各项活动，发挥党员的先锋模范作用，使之为我们克服困难，战胜敌人，胜利完成史无前例的长征，起到了积极的保障作用。

  1934 年 10 月，我所在的红一军团二师五团二营随大部队从江西出发，开始了万里长征的战略大转移。五团是红一军团的先头部队，二营又是五团的先行，所以，我们肩负的任务是极其艰巨而光荣的。

  我们边打边走，一个月后，行进到湖南道县东北部。在这里，遇上了湖南军阀何键部的大批追兵。为了掩护中央机关和大部队的前进，上级命令我们营就地堵击敌人。

---

  * 本文节选自《活跃在长征路上的党小组》。原标题为"战斗当先锋"，收录时做了适当修改。

战前，党支部根据敌众我寡，估计到战斗会异常激烈、残酷，号召共产党员要在战斗中发挥先锋模范作用，带领全体战士，不怕牺牲，英勇战斗，不惜代价打好这次堵击战。

为响应党支部的号召，我们党小组也很快在阵地上开了个短暂的碰头会，每个党员都表示了决心，要在战斗中做冲锋陷阵的先锋，英勇杀敌的模范，坚决完成好堵击任务。

午夜时分，我们全营居高临下，守候在一条蜿蜒起伏的半山公路旁。不一会，借着淡淡的月光，发现了前面不远处黑压压的敌群。黑影缓慢地向我们移过来，越来越近了。

"叭！"的一声，随着刘营长的指挥枪响，全营的火力顿时打开了。我们机枪排的两挺重机枪，更是愤怒地吼叫着。枪声、手榴弹的爆炸声响彻夜空。敌人在我们的突然猛烈打击下，死的死，伤的伤，哭爹喊娘，狼狈溃逃。我们第一次堵击胜利了。

不久，敌人接连地向我们发起几次进攻，也被我们一一击退。这时，夜幕已尽，天色渐明，大批的敌人从左右两侧向我逼近。我们机枪排独当一面，战斗在最前沿。一阵猛烈扫射之后，发觉我们的子弹打光了。敌人似乎也觉察到了这一点，一个个像恶狼般向我们扑来。在这关键时刻，我们党小组的几个党员一马当先，端起刺刀，高喊着："同志们，和敌人拼啊！"勇敢地冲向敌群，福建籍战士党员曾利民，撂倒几个敌人之后，自己倒下了。小个子战士党员许相，拼搏时被敌人的刺刀捅破了小肚，仍顽强地战斗着，直到把对手致死，自己才倒下。大个子党员、副班长张雨，撂倒几个敌人后，被两个敌人抱着，他毅然拉响了手榴弹，和敌人同归于尽……

在党员的模范带领下，全排同志视死如归，英勇拼搏，使敌人没能向我阵地跨越一步。直到上午8点多钟，中央机关和大部队顺利转移完毕，我们才奉命撤退，追随大部队继续西进……

1935年1月下旬，我们营撤离遵义后，向着西北方向经扎西、习水等地日夜兼程挺进。

一天，部队攻下了赤水河畔的一个小坪镇——猿猴街。猿猴街依山傍水，背靠连绵重叠的山峦，面临水流湍急的赤水河。赤水河是我们转战川南的必经之路。为了给后续大部队过江打开通路，上级命令我们营迅速突破猿猴街渡口。

为了打好抢渡这一仗，刘金新营长带领各连主官（我当时任营机枪排长，也参加了）先察看了地形，然后开会研究战斗方案。决定以侦察班为基础，从各连挑选30名熟悉水性的战士组成突击队，机枪排选派一个小组随突击队行动，泅水过去打开突破口，然后营主力接应。

猿猴街渡口，河面宽约200米，水急浪大，江面上烟雾弥漫，江对岸是悬崖陡壁，山上草木稀少，半山腰的敌堡隐约可见。那里有贵州军阀王家烈的部队把守，易守难攻，地形对我很不利。加之初春的黔北，天气寒冷。当时又遇刮风下雨。在这种情况下，突击队的同志既要顶风冒雨在刺骨的激流中泅渡，还会随时遭到敌人的袭击，危险性很大。

参加营里开会回来，我先召开党员骨干会统一了思想，然后马上召集全排人员开会。会上，我把任务和困难情况一摆，话还没说完，几个党员就争着要求参加突击队。他们说："这个任务危险，我们党员上！"

在党员同志带动下，其他同志也争先恐后地报名，而参加突击队的名额又有限，这下有点使我为难了。我考虑了一下，说："大家的心情我都理解。但在这种情况下，我们党员同志应该上。这是党员的义务。"

说完，我点了温长、刘沙新、李长等几个党员的名，决定由我带领他们随突击队行动。

入夜，出发的时刻到了。我带着几名党员，抬着一个向当地老百姓借来的杀猪用的大木盆，悄悄地下了水。一名射手带一挺机枪坐在木盆上，其他几个同志则在水里一手扶着木盆，一手划水前进。

下水不久，我们一个个都冻得牙根打战，身上也起了鸡皮疙瘩。但大家全然不顾这些，心目中只有一个念头，就是尽快泅过河去，迅速夺取敌阵地！

河水越来越急，我们几个簇拥着大木盆，齐心协力地在激流里搏斗着。突然，一个浪头卷来，大木盆被浪涌了起来，但我们两手仍死死地抓住盆沿……

这时，敌人发现了我们，嗒嗒嗒的机枪声在夜幕和风雨中吼叫着，子弹在我们头顶上呼啸而过，连续地在水面激起密密的水涡。我们冒着危险，加快速度，奋力游到了岸边，然后悄悄地摸了上去。在我们机枪的掩护下，突击队很快地攻占了两个敌堡，打开了突破口。这时营主力也陆续而迅猛地乘着小船渡过了江，一起向敌人发起总攻。

战斗进行了两个多小时。我们俘敌 100 多人，缴获各种步枪 100 多支、机枪 2 挺，胜利地完成了为后续大部队过河打开通路的任务。在这次战斗中，我们伤亡了 10 余个同志。我们排的机枪射手、第一个报名参加突击队的共产党员温长，也在抢渡时献出了自己年轻的生命。

特别的任务——打草鞋[*]

陈国辉

1935 年 8 月，红一军团已经进入草地三天了。当时，我任五团二营机枪排长。这天晚上，党支部召开各党小组长会议，布置了一项特别的任务——打草鞋。

部队自从进入无边无际、荒无人烟的草地后，一路走的尽是泥泞难行的沼泽地。加之那一丛丛草根、草菀的刺扎，战士们在出发地带的一两双草鞋，穿不多久，有的先后被陷到稀泥里去了，有的则被草菀扎得左一个窟窿右一个洞，鞋底分家。有的战士只好赤脚行军，脚底板被扎出许多大大小小的眼子，在稀泥里一搅，污水里一泡，一双脚板肿得就像两个大萝卜似的，掉队的一天比一天多起来。

草鞋！草鞋！成了战士行军闯过草地的急需品啊！

我参加支部会回来后，立即召集全排的党员开小组会。

---

[*] 本文节选自《活跃在长征路上的党小组》，收录时做了适当修改。

123

研究如何完成支部交给的这项异常紧迫而又艰巨的任务。大伙商量了半天，也没有想出好的主意。有的同志说："打草鞋？一无草，二无绳，巧媳妇也难做无米之炊啊！"

确实，草地上草类虽不少，但大都是一些干枯的硬草根、草荄，偶尔有点比较嫩的能用得着的草，走在前面的部队早就割完了，剩余的也被人踩到稀泥里找都找不着。要找到较为结实而柔软一点的能打草鞋用的草，太困难了。

这时，被大家叫作"大炮"的老战士、共产党员李士英发言说："怕什么？没有草鞋穿照样走，共产党员的意志比铁硬。只要有我在，保证背一个病号走出草地去！"

全小组的同志听了他的话都笑了，不约而同地说："我的'大炮'同志，你能背走一个，可其他的病号咋办？"一句话问得他无言以答。他也自知没趣，不好意思地低着头，用手从身上的破衬衣上扯下一小布条玩弄着。

"玩者无心，看者有意。"我看了他的动作，突然计上心头："有办法了！"说完就去把自己的一床不像样子的、黄不黄白不白的被面和一副日绑带拿出来，叫大伙动手撕成一条条布条子，然后再搓成布绳。其他党员也很快把自己能用的东西找来，一共有两块被面、几副绑带和几条破长裤。这样一来，就算初步解决绳索的问题了。但是，要充分发挥这些有限的布绳的作用，最好能掺上一些别的东西，那样就可以多打一些草鞋。还有什么东西可以用得上呢？这个问题又把大伙给难住了。

第二天晚上宿营后，我正准备召集排里的党员开个"诸葛亮会"，研究解决这个问题的办法，"大炮"李士英兴冲冲跑来找我，说："排长，我有个新发现！"

我忙问他："啥东西？"

他像放连珠炮似的："刚才我在草地里发现一棵这样的草（什么草他也说不清，后来才知道在当地叫乌拉草），扯回来放在枪托上用棍子捶了几个，拿过来一看，哎呀！这家伙既结实又柔软。我想，用它裹着布绳打草鞋，穿得准舒服！这种草说不定附近还有！"说着，他把草递给我。

我看后觉得挺不错。于是，我把全排六个党员都叫来，大家听说后劲头都来了。不多时，就点起了火把，开始了打草鞋的夜战。

我具体分了工，有的去找草，有的去捶草，有的搓草绳，我带一名党员就坐在火堆旁打草鞋。

夜虽然是漆黑漆黑的，可熊熊的火光把整个天空和草地照得和白天一样。我们忘记了寒冷，忘记了疲劳，个个都在忙碌着。

不一会儿，我们就打出了第一双草鞋。这时，平时最爱嘬嘴巴的 17 岁的江西籍战士党员孙金成，找草回来，他拿起刚打好的草鞋翻来覆去看个不停，爱不释手，可高兴啦，小嘴儿一点也不嘬了。他坐在火堆旁和我打起草鞋来，还兴奋地唱起了他自编的兴国山歌：

哎呀哎——

篝火当灯打草鞋，

穿起行军走得快，

困难之时党员上咧，

虽说辛苦亦痛快，

同志哥，加油干哟，

快！快！快！

他唱了一段又一段。歌声在夜空久久回荡。

不一会儿，同志们都聚拢过来了，大伙看着这一双双"特产品"，有的激动地端详着，有的兴奋地试穿着。

"真是千难万难，难不倒红军战士啊！"

"我们终于又能穿上草鞋行军了！"

大伙说着，笑着，情不自禁地跳起了红军舞……

那时，我们都是十几二十岁的小伙，玩得可痛快了。热闹了好一阵子，才又开始打草鞋。

大半夜时间过去了，我们一共打了 27 双草鞋，除全排 16 个同志每人分得一双外，还支援了其他班排 11 双。

从这以后，草鞋穿破了，我们党小组的同志又照例地执行这项特别的任务，使之保证了行军的需要。

强渡大渡河 翻越夹金山[*]

聂荣臻

会理会议后，红军继续北上。红一军团于 1935 年 5 月 17 日攻占德昌，之后我们与红五军团一起向西昌进发。西昌城墙高 3 丈，而且很坚固，城内有刘文辉部守敌 4 个多团。于是，我们监视守敌后通过西昌，20 日进占泸沽。同一天，军委命刘伯承同志和我率领红一军团第三团，带 1 个工兵连和电台，1 个工作队，组成中央红军先遣队，他任司令员，我任政委，进行战略侦察，为红军北上开路。

与此同时，左权、刘亚楼同志率领红一军团第五团为右路先遣队，经越西占领了大树堡渡口，在那里佯渡大渡河，既掩护了先遣队右翼，也转移了敌人对红军主要进军方向的注意力。

先遣队的任务首先是通过大凉山彝族同胞聚居区。5 月

---

[*] 本文节选自《红一方面军的长征》，收录时做了适当修改。

21 日，先遣队占领了冕宁。我们高度注意了党的民族政策，当即将国民党当作人质关押的不少彝族首领放了，并向他们进行了党的民族政策的宣传，为红军顺利通过彝族区打下了基础。此后，伯承同志找当地彝族部落沽基家族首领小叶丹谈判，并与小叶丹结拜金兰之盟。在沽基家族等部族的护送下，我们通过了彝族区。23 日，到达擦罗。红军后续大部队通过的时候，沽基家族等部族仍对我们友好，给予了种种方便，护送我们过了彝族区。

5 月 24 日，先遣队突然袭击了大渡河边的安顺场，击溃守敌两个连，占领了渡口。河水轰隆的巨大咆哮声淹没了激战的枪声，对岸的敌人并没有发现。

大渡河宽约百米，深约 10 米以上，流速达每秒 4 米左右，很远就可以听到激流的咆哮声。这是长征中我们遇到的水流最湍急的河流，两个人在河边讲话，如果不大声一点，对方会听不到。

5 月 25 日拂晓，我军强渡大渡河。在团长杨得志同志指挥下，有名的迫击炮手赵章成同志和团机炮连的李德才等特等射手，用两门迫击炮和若干挺机枪掩护，一团二连以连长熊尚林同志为首的十七勇士乘着唯一的一条小船，在惊涛骇浪中冲到了河的对岸，打垮了敌人的防御，占领了敌人阵地。我和伯承同志在河边观察了这个惊心动魄的历史场面，为我们英勇无畏的红军战士感到骄傲，他们在中国革命史上树立了永不磨灭的丰碑！

随后，他们掩护后续部队过河。水急浪高，浮桥架不成，没有办法，只有一船一船地渡，每船只能渡约 40 人，速度太慢，令人十分焦急。

第二天，毛泽东同志来到渡口，找我们开了个小会。当他得知渡河的困难情况，立即决定我军要迅速夺取泸定桥，否则大部队一时难以过河。而敌人的五十三师已经渡过了金沙江，正向我们赶来，红军面临着巨大的危险。毛泽东同志当时的部署是一师和干部团仍由伯承和我率领，渡河后从东岸北上赶向泸定桥；由林彪率二师和红五军团，在大渡河西岸赶向泸定桥，安顺场到泸定桥 340 里行程，要求我们两天半赶到。毛泽东同志特别向我们指出，这是一个战略性措施，只有夺取泸定桥，我们才能避免石达开的命运。

防守河对岸的敌人，只是被我们驱逐走了，并没有走很远。我和伯承同志过河不久天就黑了，找到一处村庄宿了营。第二天天亮起来，才发现敌人和我们住在一个村庄上了。我们在山坡的这一边，他们在山坡的那一边，噼里啪啦打了一仗。又经历了一场惊险！

队伍沿着大渡河东岸北上。我边走边审问俘虏，得知右侧高地有刘文辉的河防部队 1 个旅。我们决定带着 3 个团背水仰攻，一鼓作气，将这个旅击溃了，保障了我们的安全，也使行进在对岸的二师四团免受敌人隔河射击。

二师四团作为先头部队，在西岸北上夺取泸定桥。我们两支英雄部队，互相支援，夹大渡河而上，当时的情景真是动人。我们互相又是喊又是比画手势，意思是告诉那里有敌人，要注意。虽然由于河水咆哮，大家什么也听不见，但战友的关怀，却鼓舞着每个红军战士，都加紧了脚步，向泸定桥疾进。我看到这激动人心的场面，相信我们决不会做第二个石达开，这次飞夺泸定桥，好在采取了夹河而上的办法，因为大渡河不宽，越往前进就越窄，两岸的敌人都可以隔河射击，封锁我们前进的道路。我们夹河而上，就可以消灭和驱逐两岸的敌人，保障对岸同志的安全。

四团以急行军的最快速度，27日晨从安顺场出发，边走边消灭碰到的敌人，真是行走如飞，日夜兼程，黑夜点起火把。第二天用的是"一天240里"的速度，29日晨6点到达泸定桥西岸。泸定桥被拆得只剩下几根光溜溜的铁索悬挂在令人头晕目眩的激流之上。四团组织了以二连连长廖大珠为首的22名勇士，当天下午4点，在火力掩护下，冒着敌人的火力封锁，一边在铁索上铺门板，一边匍匐射击前进，奇绝惊险地夺取了泸定桥。然后，四团冒着敌人燃放的熊熊大火，攻占了泸定城。这时，一师的几个连队，也从东岸赶到泸定城郊，对四团夺取泸定城起了策应作用。泸定守敌向天全溃退，我军俘敌百余，补充了一些弹药。

我和伯承同志冒雨赶到泸定城，已是后半夜了。那时我正发烧，但为查看泸定桥能否通过大部队，要杨成武同志带我们到了桥上。伯承同志无比激动，情不自禁地在桥上连跺三脚，边跺边说："泸定桥啊！泸定桥！我们为你花了多少精力，费了多少心血，现在我们胜利了！"我也激动地说："我们胜利了！我们胜利了！"

随后，毛泽东、周恩来等同志率领红军大部队，从泸定桥上过了大渡河。

红军渡过大渡河，是长征中又一次历史性的胜利，彻底打破了蒋介石妄图要我们做第二个石达开的反革命迷梦！

过大渡河后，军委命令红军北上占领天全、芦山。于是我们翻越了二郎山的一片原始森林，林中尽是纠缠不清的葛藤和横七竖八被雷电击倒的枯树干，地上则是老厚的腐枝烂叶和苔藓。在原始森林中行军，暗无天日，那天正下着小雨，几乎什么也看不见。我们在泥泞中艰难地行进，尤其下山时非常陡，大家用裹腿结成绳索，攀扶着滚溜而下。这天的行军，搞得人筋疲力尽。

至6月8日，红九军团攻占天全，掩护红三、五军团渡过天全河，红一军团攻占芦山，接着占领宝兴。一到天全、芦山，就像到了天堂一样，能见到各种蔬菜和从外地运来的各种物资。在天全、芦山我们接到军委指示，迅速北上与红四方面军会合。这是战略总任务，而全局的关键是要翻越夹金山后夺取懋功（今小金）。根据军委指示，红军以红一军团为先导，军委纵队、红三军团跟进，红五军团断后，红九军团保障右翼的队形向懋功进军。

到了宝兴，再走百余里，就是晶莹耀眼、高耸入云的大雪山了。我虽然是四川人，但生长在秀媚的川东，看壮丽惊心的大雪山，生平还是第一次。

　　6月12日，我们进到大硗碛，已经到了夹金山的脚下。这时，陈光同志来电，说四团已经翻过夹金山，在达维与红四方面军先头团第八十团会合，并得知红四方面军部队8日已占领了懋功。接到电报，大家高兴极了，给我们翻越夹金山增添了力量。13日，我和左权同志都是带病过夹金山的。一大早，战士们用担架抬着我出发。上坡时我见左权同志行走更困难，就赶紧下来，要担架去抬左权同志。

　　夹金山，主峰海拔4930米，山上空气稀薄，天气变化无常。上午爬山，开始是原始森林，一片片，一丛丛，铺撒在浩瀚的六月雪中，奇特的景色把人们的注意力吸引住了，大家劲头很足。但一过中午，天气骤变，先是大雾，随后是毛毛细雨，转眼又成了霏霏白雪，随风狂舞，红军战士一个个都变成了雪人。尤其到了傍晚，天气奇冷，我们把能穿的都穿在身上。我到山上感到气也喘不过来，但不敢休息，一坐下来就可能永远都起不来了。我们警卫班的同志，身体都比较健壮，有的走着走着，不知怎么倒下来就完了。我们牺牲了一些同志。就整个来说，我们靠万众一心，群策群力，互相帮助，发扬阶级友爱，胜利地越过了夹金山。红军过雪山的佳话，名扬四海，流芳千古，是当之无愧的。

　　6月13日晚上，我们到了达维，见到红四方面军的同志，那个高兴劲儿，简直无法形容。我和几个同志在红四方面军二十五师师部住了一夜，他们搞了些好吃的东西款待我们。第二天到懋功，见到了李先念同志。他当时是三十军政委，率领三十军八十八师及九军二十五师、二十七师各一部为红四方面军先头部队，来与中央红军会师。他又热情地招待了一番。先念同志见我没有骡子，就送给我一匹，这匹骡子我一直骑到陕北。6月16日前，党中央、中革军委、中央红军主力先后到达懋功地区，红一、红四方面军胜利会师。当时红四方面军有8万多人，加上中央红军，共10万多人，声势大振。两支红军主力会师有重要的战略意义。如果不是后来张国焘闹分裂，而是团结一心，按中央的意图北上川陕甘，是有可能打开局面，在那里创建革命根据地的，那对中国革命将会产生重大深远的影响。

　　会师过程中，红四方面军广大指战员欢迎战友的热情，旺盛的士气和良好的装备，给了中央红军的同志以深刻的印象。红四方面军的同志，从上到下、自发地从精神到物质多方面安慰和慰劳红一方面军的同志，更使大家深受感动。红一方面军长征艰苦卓绝的斗争历程，也使红四方面军的同志赞不绝口。就这样，两支兄弟部队在懋功及附近地区进行了多种热烈感人的联欢活动。

迎接红二方面军

萧　锋

　　1936 年 9 月吊咀镇会议后，根据中革军委指示，由红一军团聂荣臻政委率领一师向西（安）兰（州）公路开进，准备在不同地区分别与北上的红二、红四方面军会师。

　　9 月 10 日，红一师由七营川向西行军 90 余里，部队在曹家渡以北宿营。晚上，师召开团以上干部会议，三团有黄寿发团长和我参加（当时我任三团政委），军团聂政委首先传达了中央关于在静（宁）会（宁）地区组织会师的电令。陈赓师长做了具体部署：一团和十三团夺取会宁，在西兰公路上打开会师战场；三团带电台一部单独行动，在静宁一带迎接红二方面军北上。杨勇政委最后要求部队：宣传红军三大主力会师的伟大意义；准备衣物支援红二、四方面军；注意全党全军的团结；坚决依靠群众，组织群众，严格执行党的民族政策。

　　回团后，我们传达了中央关于组织三大主力会师的决定及首长们的指示，全团指战员精神振奋，欢欣鼓舞。

9月14日，我三团部队进驻到甘肃、宁夏交界的兴隆镇（现属宁夏回族自治区西吉县）一带。距兴隆镇40多里的西山坡上有一个350户人家的村庄，叫西吉滩，据说此村是有名的回民祖籍地。我想这一带回民兄弟较多，执行好党的民族政策和回民兄弟搞好团结，是我们顺利开展工作、实现三大主力会师的重要条件，立即向上级领导汇报了情况。很快，聂荣臻政委派骑兵通信员送来了毛泽东主席和彭德怀司令员致当地伊斯兰教上层代表性人士的信，指示我们带信去拜访马震武。

我率4名通信员骑马前往西吉滩村。我们进村说明来意后，马震武组织阿訇和几百名群众打着小旗，在寺院门口热情欢迎红军代表，给我们戴上了回民的白帽子。马震武当时52岁，是一位很精明练达、深孚众望的人，仔细地看完信后，感情很激动，竖起拇指连声说好，一再表示感谢共产党，感谢红军对少数民族的关怀。他当场把毛主席和彭德怀司令员的信高声宣读了三遍，寺院前群情激奋，回族群众不断高呼"拥护共产党""坚决抗日"的口号。之后，我同马震武进行了谈判。我进一步解释了红军不没收回民寺院、土地、财产，不在回民区筹款，不打回民土豪，尊重回民风俗习惯，不住清真寺院等政策。马震武表示支持红军抗日，在所辖范围内尽力为红军行动提供方便。这次谈判，为我军在这一带顺利开展工作，起了很好的作用。

为了迎接三大主力会师，孤立和打击坚决反共的顽固派，我们特别注意了争取同东北军、西北军团结抗日的工作。9月18日，是全国救亡日，军团政治部主任朱瑞和抗日战线工作部部长刘源来我团检查工作，我们一道去固原县彭家庄东北军十八团驻地，同骑兵第六师代表汪镛、刘继尧等进行谈判。由于我们在之前已打过多次交道，这次谈判很顺利，最后达成了《中国工农红军与东北军骑兵六师停战协定》，为我军集中力量孤立打击胡宗南和马鸿逵、马鸿宾军阀，扩大苏区，筹粮备款，实现三大红军主力大会合的部署创造了有利条件。

从9月14日至10月21日，我三团先后帮助地方建立了静宁、隆德两个县苏维埃政府，还建立了10个区、35个乡的苏维埃政府。群众很快地发动起来了，青年们纷纷要求参加红军，我团短时间里扩红340多人，其中回民战士130多名。各级苏维埃政府积极为迎接红二、四方面军筹集粮款，组织妇女为红军赶制冬装、军鞋。地方游击队一面生产，一面配合红军作战。兴隆镇周围广大区域内到处是一派热火朝天的大好形势。

为阻止红军大会师，马鸿宾三十五师一〇七旅和第三旅2个骑兵团从庆阳移至隆德、静宁地区。

9月21日，马鸿宾三十五师1个骑兵团向我葫芦河西北山2031阵地偷袭，陷入我军埋伏，敌骑兵2个连遭我歼灭性打击，余敌狼狈逃窜。9月24日，在进行周密的侦察后，我三团主力和静宁地方游击队一起行动，夜袭八里铺、静宁城，击溃敌1个骑兵团，消灭骑兵2个连，缴战马30多匹，俘敌170多名。经此两战，马鸿宾部不敢再轻举妄动。

10月2日9点，马鸿逵派一〇一旅三〇一团由静宁城北犯，进到下港，我第三连在范家沟向静宁城派出警戒。9点敌左翼1个营向范家沟进攻，敌右翼不到1个营进到王桥，敌左右翼两路在3架飞机掩护下向单民进攻，9点半，敌进到西山之范家沟西。我团参谋长陈英率二连、三连通过两个山坡，迂回到三个堡，团主力则由兴隆镇向高家城、乡易堂前进，配合二连、三连同敌前沿第三营展开激战，不到半小时，就打死打伤敌军80多人，敌丢弃尸体南逃，我团猛追到王桥、田庄，又俘敌180多名。接连3个漂亮的速决战，共俘敌300余人，缴获战马35匹和大批武器弹药，这三仗狠狠打击了马鸿逵军阀的嚣张气焰，迫使其龟缩在静宁城里不敢妄动。

此时，天水的胡宗南北进部队尚未集中好，东北、西北军部队受我军统战工作的影响，还常为红军行动提供方便。这正是红二、红四方面军北上会师的极有利的条件和时机。

10月10日，师首长来电告，红四方面军先头部队于9日晚在会宁与一团胜利会师。

按照师首长指示，我们一方面把准备送给红二方面军的军款、冬装和鞋子等集中起来，一面连日派侦察小分队到通渭、华家岭方向去和红二方面军取得联系。

10 月 18 日，得悉，红二方面军贺龙、任弼时、关向应首长指示：由彭绍辉同志率领的红六军团模范师将于 21 日到兴隆镇，第十六、十七师随后跟进，红二方面军指挥部及红二军团第五、六师直向将台堡进发，红三十二军由高家堡往北面的西吉镇方向前进。听完汇报后，我即电告聂荣臻政委和师陈、杨首长。聂政委指示：红三团部队和地方游击队在红二方面军行军路线沿途组织好联防警戒；在兴隆镇和模范师开会师联欢大会；改善好伙食招待红二方面军同志；把准备好的物品送往将台堡交红二方面军首长。陈赓师长电告，他由会宁赶来兴隆镇迎接红二方面军首长和模范师。

红二方面军战友就要来到的消息，使我们三团的指战员和兴隆镇立刻沸腾起来。除警戒分队外，战士们和群众一起忙着打扫卫生，杀猪宰羊，老百姓家家户户张灯结彩。兴隆镇的军民沉浸在一片欢庆气氛中。

20 日晚 8 点整，陈赓师长带警卫人员赶到兴隆镇。饭端来后，陈师长一面吃一面认真地听黄团长和我的汇报。他强调说，我们是代表党中央来迎接红二方面军的，第一要保证安全，做好警戒和战斗准备。再就是热情周到，要体现红军大家庭的温暖，体现红一、红二方面军的兄弟情谊。饭后，陈赓师长又亲自检查了我团的警戒部署和准备工作。

21 日清晨，葫芦河滩大雾。陈赓师长率三团指战员、中共静宁县委、县苏维埃政府负责人及 1300 多名男女老幼群众沿葫芦河滩，列队长达 3 里多地。西吉滩民族宗教上层代表人士马震武率 30 多名回民兄弟也远道赶来迎接红二方面军。欢迎的群众举目远望着 2131 高地方向，等待着亲人的到来。

一个多小时后，雾消天晴，火红的太阳照在六盘山西麓葫芦河畔。这时，西山上升起了三发蓝色信号弹，先头通信班向人们报告：红二方面军已经来到了！只见一条长龙似的队伍转出山道，弯弯曲曲地向欢迎队伍走来。这时锣鼓声、鞭炮声响成一片。

在葫芦河上临时搭起的小木桥上，彭绍辉参谋长第一个走了过来，接着是闻名中央苏区的文艺战士危拱之同志，还有模范师师长刘转连、政委彭栋材……陈赓师长同三团和地方的负责同志连忙迎上前去，紧紧地握住了亲人的手。这是多么热情的会见！多么难忘的会见！同志们有千言万语想说，可一时高兴得热泪盈眶，只有一句话："我们会师啦！我们胜利啦！"

葫芦河畔群情振奋，欢呼雀跃，欣喜若狂，"红军万岁""共产党万岁"的口号声此起彼伏，震天动地。

下午 4 点钟，三团和模范师分几处会餐。团部大院里摆了 30 桌饭菜，连以上干部在一起吃便饭。在艰苦的条件下，除几样蔬菜外，最好的是每桌上一大盆红烧肉，还弄来几坛老百姓自酿的甘肃黄小米酒。饭菜简单，然而会餐气氛却异常热烈，现场情景激动人心。

晚 7 点，红一、红二方面军指战员在镇西北河滩开阔地隆重集会，召开庆祝会师联欢大会。兴隆镇及附近村庄的群众也赶来参加，会场上挤满了四五千人。黄寿发团长首先致辞，热烈欢迎红二方面军胜利北上，并简要地汇报了红一方面军东征、西征取得的重大胜利。彭绍辉参谋长讲话介绍了红二方面军在长征中的艰苦战斗历程。

接着，红三团演唱队演出了大合唱《长征歌》，还演出了几个小歌舞，模范师演了独幕剧《粉碎围剿》和《北上抗日》。最受欢迎的就是危拱之同志的独唱，她歌声嘹亮、润美，全场观众报以一阵阵热烈的掌声。最后全场齐声高唱《国际歌》。9点多钟，大会在团结友好欢乐的气氛中结束。根据上级命令，模范师和三团都连夜起程北进，迎接新的战斗任务。

按照聂荣臻政委的指示，10月22日，我率一连将3万块现洋、1000双布鞋、300套棉衣、50件皮大衣、500匹土布及200只羊、50头猪送到将台堡交给红二方面军首长。

红二方面军指挥部设在一家四合院里。我一一向各位首长敬礼，任弼时政委拍着我的肩膀亲切地说："三团政委原来是你呀！"他略想了一下，又说："四年不见，个子长高了，那时还是个小鬼哩！"

1933年春天，我在江西瑞金洋溪中央苏区马克思主义大学高级班学习，任弼时是我们的老校长，这次见首长，感到格外亲切，任政委把我向贺龙总指挥和关向应副政委做了介绍。

我与这两位首长是第一次见面，我报告了奉聂荣臻政委指示专程来送物品的情况。贺总指挥连声说："好！好！多年来盼望见到中央红军，今天终于实现了。红一方面军生活也很艰苦，还给我们送来这么多东西，太感谢你们了！"他又问："你们的师长是谁？"

我回答说："是陈赓同志，昨天因有重要任务先赶回会宁了。"

贺总指挥听了大声笑着说："啊！陈赓，那可是我的小徒弟哟！"在场的首长也乐得哈哈大笑起来。我早就听说贺老总两把菜刀闹革命，南昌起义的总指挥，没想到这样平易近人，我身上的拘束感，在这笑声中一下子全跑光了。

贺、任、关首长又询问了到陕北生活习惯不习惯，和东北军、西北军搞统战的情况，毛主席、周恩来、王稼祥等中央首长及他们所熟悉的一些领导同志的情况等。我把自己所知道的一一做了汇报。

快到中午了，首长们带我到西屋吃饭，贺总指挥非要我和一连长贺发祥同志坐上席，我坚辞不坐。任政委说："那就随便吧！"一同吃饭的还有李达参谋长、甘泗淇主任、陈希云部长等。一张大桌上摆了六个好菜，两瓶白酒，还有甘肃黄米酒。

关政委说："这是打土豪打来的，取他们不义之财，我们食之应当！"大家听了都笑了起来。席间，首长们不断地往我和贺发祥连长碗中夹菜添酒，使我心中很不安，又感到十分荣幸，这一次会餐，使我终生难忘。

席间，译电员送来一份电报，贺总指挥、关政委阅后交给我看，大致意思是：蒋介石飞抵西安，迫使东北军、西北军参加"追剿"红军。蒋介石企图趁红二、红四方面军刚刚北上十分疲劳、立足未稳之机，从东、南、西三面将红军消灭在静宁地区。红二方面军向西绕道静宁地区后，胡宗南眼睛都红了，急忙集中5个军的兵力，分四路向北进犯，敌毛炳文部8个师直扑会宁、静宁两县；胡宗南第一军、孔令恂九十七师由静宁直扑海原县；东北军六十七军（王以哲部）和骑兵何柱国部由隆德向固原县的黑城镇、七营川方向进攻。

由于情况变化，中央军委放弃了原作战计划，指出：我处于南北两敌之间，非阻止南线敌人才能向北发展进攻，目前的首要问题，是如何阻止南路敌人北犯，只要阻止南敌北犯，第二步重点集中三个方面军的全部力量向北打击敌一路，因此特制订了海原、打拉池地区作战计划，但遭到张国焘的干扰。这时，静宁、海原、打拉池地区敌人猛增到5个军。敌人兵力增加了，在打拉池地区却缺少热心支持红军的最基本的群众条件。贺总指挥讲，你们往海原、打拉池地区集结就是为了这一目的。任弼时政委说，彭德怀总指挥还要和三个方面军的干部见见面，这是个好主意，可以鼓励广大指战员的斗志。

饭后，稍事休息，李达参谋长告诉我，贺总指挥说在部队出发前要亲自看一下红三团一连的同志们。下午 4 点整，军号声响，贺发祥连长带一连在指挥部门前大街上集合完毕。贺、任、关首长军容威严，健步走出指挥部。一连指战员情绪激昂，横队持枪，6 挺机枪摆在每排的前面，首长从头至尾亲切看望大家，贺总、任政委、关政委走到队伍中央，高声说："向中央红军学习，你们不愧是湘赣边区毛主席领导的秋收起义的红四军三十一团连队，今后我们就要在一个战场上打仗了，相信你们会立新战功的！"

队伍向右转向北出发了，我向红二方面军首长敬礼后，依依告别，我率一连经厦宅往西北的西吉向打拉池归建，红二方面军按军委命令，经厦宅往东北豫旺堡方向前进。

红军三大主力的胜利会师，宣告了帝国主义和国民党蒋介石出卖中国，围追堵截聚歼红军企图的彻底破产，对于推动全国正在蓬勃发展的抗日救亡运动和抗日民族统一战线的形成，有着非常重要的意义。

军民鱼水情[*]

朱镇中

    1934 年 12 月 5 日，中央红军长征途中为突破国民党反动军队的第四道封锁线，在广西全州同敌军展开激战。当时，我在红一军团一师三团八连当班长。在一次冲杀中，敌军的子弹打穿了我的左脚踝，鲜血直流，使我失去平衡，突然摔倒在地，当晚被转送到救护站后便昏迷过去。

    第二天清晨，我被枪声惊醒，才发现部队因情况紧急已经转移。眼看敌人就要上来，我们不能等着当俘虏。只好各自分散行动。我拖着肿得发木的左腿，咬紧牙关，爬行在山路上，寻找部队。傍晚时，我爬到一座大青山脚下。这时，左腿已经肿得老粗，再也爬不动了。正好碰到一个后卫部队的炊事员，他给我吃了点东西，又找了两个老百姓临时做了一副简易担架，把我送到前面部队去，我一上担架就昏睡过

---

* 本文节选自《负伤掉队以后》，收录时做了适当修改。

去了。哪知这两个民夫把我抬到山腰后，就跑掉了。大约半夜，寒风使我苏醒过来。我忍着剧痛，拖着疲惫无力的身子，艰难地向山顶爬去，我要去赶部队。

12 月 8 日下午，经过两天多的搏斗，也不知摔了多少跤，流了多少血，总算翻过了大青山，爬到山脚的一座桥头边。我正想喘口气，忽然发现桥板上写有"建昌"二字。这是我们部队的代号，我高兴得忘记了脚伤，一下子站起来，想跑上桥去，可是伤脚支撑不住，使我又摔了一跤。伤口的血水和着脓水往外冒，钻心的疼痛使我几乎昏过去。我强忍着剧痛爬到桥对面一棵树下，又一次昏迷过去了。

不知过了多久，我迷迷糊糊地听到声声呼唤"共产党伢仔""小把戏"……睁眼一望，只见一个两手黝黑、红黑脸膛上带有铁末灰、40 多岁的汉子，和善地蹲在我的身旁。他见我醒过来，连忙扶我坐起。

我看出他是个铁匠，是个好人，急忙问他："老乡，我们部队开到哪里去了?"

这个汉子悄悄地说："离开大青山，过老山界往贵州高头去哩，已经走了三天啦!"轻易不会掉泪的我，一听说部队已走远，顿时就像娃娃失去爹娘一样，禁不住失声痛哭起来。

他坐在我的面前，用手抚摸着我血糊糊的伤脚，劝慰说："哭个么，伤成这个样子走不得了!"他又问："你这个共产党伢仔多大? 哪里人? 在队伍里干么事?"

面对这个心地善良的老乡，我感到有了希望，有了力量，便告诉他："我 18 岁，江西瑞金人，父母都去世了，家中没有人，在队伍里干个勤务兵。你是个打铁师傅吧?"

他欣喜地拍着我的肩说："小把戏，真聪明，被你猜准了。我听说你们红军是好队伍，专帮穷人打富豪，你把伤养好了再去找部队，要得不要得?"铁匠沉思了一会，怪心疼地对我说："真作孽啊，你的脚这个样子不能远走啦，趁现在没人看见，跟我走吧。"

我抬头眼看着重重叠叠高入云霄的山峦，心想眼下拖着这么一只负伤化脓的脚，怎么也翻不过座座高山追上队伍了，倒不如跟着这个善心的铁匠走，等养好伤再去找部队。就这样，我同意了。

铁匠不容我说二话，弯腰把我背起，一口气走了两三里路，把我背到粟家园子一个荒废的粟园的草堆下隐蔽起来。他抽出许多稻草为我搭了一个铺，然后跑回家去拿来了一床棉被和一些吃食，嘱咐我先安心在这过一夜，等他回村看看风声再说。我感动得不知说什么才好，想到这是敌占区不能拖累他，忙说："老乡，太谢谢你了！我在这里休息一夜，明天再摸进山找部队去。"铁匠连连摇头："你跟不上了，我会去找医师给你治脚伤的!"

这天晚上，粟家园子的老乡不断地来看我，看来风声不是很紧，铁匠没有对乡亲们保密。盖着厚厚的棉被，想着好心的铁匠，我深深感受到红军和人民的鱼水深情，几天的伤痛和疲劳好像跑掉了一大半。

入睡不久，我忽然被一阵狗叫声惊醒，正在惊疑不定的时候，只见铁匠抱着衣服走了过来："伢子，你一个人怪孤单的，我来给你做伴，明天就换你到家去住。"

我说："明天我还是进山找部队去。"

"这怎么要得，你们的部队早打到贵州高头去了，那儿离这里远得很哟，中间又没有人家，没得吃的，还有土匪，你又不能走路，爬到半路不饿死也会被土匪害死。你就安心在我这儿把伤养好，天一亮我就去请草药医师去。"说着，铁匠就在我的铺边坐下和我聊起天来。

看起来，铁匠对红军的事情很感兴趣，我便利用这个机会向他做起宣传来了，给他讲了我的家乡瑞金是怎样打土豪分田地的，讲了我是怎样当红军的，讲了红军的好处。铁匠越听越爱听，连连称赞说："要得，要得，红军可好。红军在这里过了三天，不拉夫，不抓丁，不抢百姓东西，真是个好队伍，好队伍。红军不走，在这里打土豪，分财主的田有多好！"半夜的交谈使我和铁匠的心贴得更近了。

第二天午饭后，铁匠从十五六里外的山里请来了一位打猎的老人。老汉背着猎枪，后面跟着一条猎狗。猎人仔细地检查了我的伤口后，就从褡裢里掏出一把草药，放到嘴里嚼了一会，吐出来给我敷在伤口上，然后用一块干净布包扎好。猎人交代铁匠说："这服药是消肿止疼的，两三个小时内开始见效就有用，不行的话，明天下午再给他换一种药。"

铁匠连声答道："要得，要得。"说着掏出 3 块大洋交给了猎人，一边送他走，一边说着感谢的话，还说要请他再来看几次。铁匠为我治伤花了这么多钱，我十分过意不去，便说："不要再请了，我会好的，会好的。"

这天晚上，铁匠带着一个近 40 岁的女人来，向我介绍说："这是三娘。伢子，风声还不打紧，住到我家去吧。"边说边把被子卷起来给三娘抱着，他把我背上，一直背到家里。他们全家都在堂屋里迎着我。铁匠依次向我介绍："这是奶奶，这是家赞（大儿子），这是矮子（二儿子），这是老满（三儿子），这是妹子（女儿）"，并叫他的孩子叫我大哥。我也亲热地跟着叫"奶奶"，就像是回到了自己的家里一样。铁匠一家人待我都很好，特别是奶奶，对我尤其疼爱。为了给我治好伤，她真是把心都掏出来了。她听说南瓜瓢子可以消肿止疼，就把家里的瓜瓢全部掏出来，亲自给我敷上，过一会瓜瓢发热了，又换新的；家里的瓜瓢用完了，就出去向别家讨。乡亲们知道后，有不少人主动送来。听说茶叶可以治伤，奶奶天天用浓茶水给我洗伤口，用嘴把茶叶嚼烂给我敷伤，三娘总是专门做些好吃的给我补养身体。

在铁匠一家人的精心护理下，两个多月之后，我的伤慢慢地好了，不久，便丢掉了拐棍，慢慢锻炼走路。为了给铁匠家减轻负担，我尽量帮助他们干些力所能及的活。开始是放牛、砍柴，后来就下地干些农活或进山挖些蕨菜和其他野菜。可是铁匠一家人都很关心我，说什么也不让我干重活。

春天到了，广西的春天比较热，我还穿着过冬的衣服。铁匠卖了鸟枪给我做了新衣服。春耕大忙时节，正是青黄不接的时候，铁匠家断了粮，只好向地主家借。但利息很高，春借一担秋还三箩（一箩 50 斤）加 20 斤。借来的粮食主要是给我和临时请的一个短工吃，铁匠一家人基本上吃野菜及蕨根做的粑粑。他们听说这些东西吃了容易引起伤口化脓，就一点也不让我吃。我实在没有办法，就故意少吃，每餐吃一碗饭就不添了。奶奶和三娘看出了我的心事，就把我的碗抢去再满满地添一碗，我还是不吃。三娘就说："伢子，我们家就是饿死，也不能把你饿坏了，不能让你这个红军小把戏再造孽啊！"听着这慈母般的话，我感动得热泪盈眶。

为了回苏区去寻找游击队，我串联了失散在龙溪村的伤员，有欧阳、老杨、老程和老陈等，和我结伙一起走。我们几个难友，老杨是福建上杭县人，欧阳光是江西会昌人，老程、老陈是宁都人，我是瑞金人。老杨是红三军团的战士，在全州战斗开始就负了轻伤，他是负伤加患病掉队的，被一家寡妇收留。欧阳光是红一军团二师某团战士，他是患严重的脓疮掉队的，烂得行走不便，撅着屁股给地主放牛。老程被一颗子弹穿透两只膝盖骨节才掉队的。老陈被一颗子弹贯穿脚趾，被一家地主收留，帮放牛羊。

在秋后的一天，我把四个红军战士邀到一起，商讨回江西找部队的事情。统一思想后，我们确定了回江西的行动计划。

第二天，我把回江西的打算告诉了铁匠。他一口答应，只要求我等两天再动身，说要给我筹点路费，我坚决不同意他这样做，但铁匠还是卖了一些谷子凑了 4 块银洋，让三娘缝在一顶破斗笠的几个地方，说是防止路上被坏人打劫。离别那天，铁匠一家准备了丰盛的酒菜给我送行。铁匠一筷接一筷地给我夹菜，奶奶、三娘的眼泪直往下滴，三个弟弟和妹子也哭了，都舍不得让我走。铁匠含着眼泪对我说："伢子，一路上要小心，到家后写个信来以免我们想念。胜利了，有机会来玩……"我流着激动的泪花说："奶奶、三爷、三娘，我永远忘不了你们……"

军民鱼水情意长。阶级友爱永不忘。几十年来，大青山下这位普通铁匠及其一家的形象，一直如巍巍青山耸立在我的心间。他们冒着生命危险救护，倾注全部心血关怀的不是我一个人，而是我们这支与人民血肉相连、生死与共的革命军队；他们爱的不光是我一个人，而是共产党领导的整个红军和革命事业。他们是广西各族人民的好榜样。

一路讨饭返苏区 [*]

朱镇中

    1934 年 12 月，我在红一军团一师三团八连当班长，在同敌军的一次战斗中负了伤，掉了队。经过铁匠一家的悉心照料，我的伤口逐渐愈合，就和其他的战友一起返回苏区寻找部队。

    我们一行四人（姓陈的因那家地主不让走没有走成），自油榨坪、粟家园子出发，经大埠头（现费源县城），过湖南的新宁、新化、宝庆府（现邵阳市）、衡阳、茶陵，到江西的莲花、吉安、泰和、兴国、于都、瑞金。一路上跋山涉水，历尽艰辛。当时，我们既没有地理知识，又缺乏文化知识，全凭嘴问路，问到哪儿到哪儿，走了很多弯路。我们日夜不停地走，走了一个多月。我于 1935 年 9 月底到家，全程有两三千里，走了许多的冤枉路。走得我伤口复发，肿得

＊ 本文节选自《负伤掉队以后》，收录时做了适当修改。

发光，脓血直流，但我咬紧牙关，一拐一步、一步一拐地坚持走下去。

那时，我身上有4块大洋，是收养我的铁匠卖掉几担谷子凑起来给我的，其他人身无分文。我把4块大洋全供大家吃用了。在饭馆里，煮一顿饭需付十多个铜板，吃完饭，我的大洋用去3块了，还余1块大洋，他们不让我再花了，留着到家用。他们坚持说："现在反正没有米了，一块两块大洋也帮不了我们的忙，反正我们要讨饭，你就不用拿出来用了。"

我们走过宝庆府就开始讨饭，边走边讨吃。当看到村庄里家家户户屋顶冒烟时，我们就约定一个集合地点，然后一齐进村分家分户要饭吃，吃饱了继续走。为了赶路，有时讨三顿饭，多数是我们每天讨两顿饭吃就行。

一路上，公路上的涵洞，靠山边的禾草堆、田埂下、茶亭子都是我们的好旅舍。我们睡涵洞，或睡禾草堆，或睡田埂下，为避免麻烦，每天下午看见太阳将要离开地面，村子里家家户户冒烟时，我们就要开始选择睡觉的地方了，比较起来，我们喜欢睡涵洞，因为湖南新化、宝庆一带，天旱无雨水，涵洞既干净又干燥，还没有蚊子。我们从田里抱几把草铺上，白天走累了，晚上睡得香香的。有时找不到合适的涵洞，我们只好继续走夜路，常常走到下半夜才能找到个稍能藏身的地方睡下。

有一两次睡在涵洞的禾草堆里，因睡得晚，一觉睡到天亮，老百姓发现了引起误会，怀疑我们是小偷。经我们再三解释，才解除误解，放我们走。

有时，在城市里遇上了国民党军队检查，万不得已，我们只好利用国民政府的牌子，以广西政府允许我们返乡为理由，通过了国民党的警戒岗位。一天，我们到了湖南衡阳市，已是太阳西斜，离地面不高了。我们都是第一次进大城市，不知这个城市有多大，心里又怕又着急。怎么办呢？不讨饭今天要饿肚子；没有地方睡觉，可能要吃亏。在农村是讨饭吃，在城市说讨钱，有钱才有办法。

在街上，遇到一个小商店老板，问我们到哪里去，我们说回江西去。

他两只眼睛盯着我们身上，没有等我们说明讨饭原因，他就发现了我们不是一般人，不是靠讨饭度日的懒汉。他直率地告诉我们："你们不要讨饭，讨饭要吃亏的。江西有会馆在这里，快去找会馆，他们会捐助你们回江西的。"

我们听到江西有会馆能帮助我们，心里很高兴。我们很快找到了会馆，但不敢暴露身份，推说："我们是帮助红军送担子到广西的老乡，现在回江西路过这里没有了盘费钱，希望会馆帮忙资助。"

没想到会馆的人板起面孔说："你们哪里是帮红军担担子的人，你们准是红军，在广西打了败仗，被国民党打散了的人。我们会馆没有钱，就是有钱也不能救济你们。"看他们如此蛮横，我们转身就走了。

从会馆出来，又返回到小商店门前，老板微笑着问我们："在会馆里要到钱没有？"我摇着头表示没有要到钱。

老板脸上露出气愤和同情的表情，立即打开抽屉说："老表，我是小商，实在给不起，但我可以给你们每人三个铜板。"虽然钱少，但对他的关心，在生活无望情况下，我们也感到热乎乎的。

我们几个人只好分头挨家挨户，去商店讨钱。多数商店给一点，少数商店不肯给，讨到天黑，我们会合在一起凑起来一算，总共要到200多个铜板，决定找个小旅馆住下再说。我们四个人从来没有见过旅馆什么样，傻乎乎地在街上东张西望地寻找。好容易才找上一家小旅馆。老板娘听说我们是帮红军干活的民夫，很是紧张，经我们一再求情，才允许我们进店，把我们送上二楼的一间小屋里住。同时，一再嘱咐我们说："晚上12点钟，有人来检查，到时你们不能讲话，不能咳嗽。我把你们的门锁起来，给你们送饭吃，还给你们一只马桶，大小便就在房里解。明天一早饭吃早些，吃过早饭，从我们店后乘渡船过江，跨过铁路，走上公路，就到你们江西方向了。"我们听说有人来查夜，心里又紧张又后悔，早知道要查夜，还不如不住，乘夜过江还安全些。

夜里12点，当真有警察来查夜了。听到警察问："这房间住客没有？"店主说："这几间房几天来都没有住客。"耳听着警察皮鞋声慢慢走远去，我们紧张的心情才轻松下来。

天快亮的时候，旅店工人开了锁送饭进房，招呼我们吃饭。我们放开量足足地吃了一顿饱饭。在结算住宿和饭费时，老板娘同情我们都是两手空空的穷光蛋，只收下身上讨来的一半钱数。老板娘还问我叫什么名字，想要我留在店里做事，但见我不愿，也不勉强，叫店工把我们送到江边码头渡船上，并指明路线。我们难得在城市遇上这样的好心人，一再向店主道谢。我至今仍怀念他们患难中相助的情谊。1975年年初，我因公出差到衡阳，趁机寻找这家小旅馆，很遗憾，找了好长时间也未找着。

吉安在当时是白区，麻烦事情多，我们为避免麻烦，决定不走城市，绕乡村小道。当进入泰和县时，我们兴奋极了，一路上开始有说有笑起来。泰和县是苏区的边沿区，只要走过泰和，就快回到苏区了。当我们走到赣江边，心潮不禁似波涛翻腾。这时，我们思念红军的心情愈加强烈，对人民的痛苦愈加同情，对国民党的残暴愈加愤恨。

渡过赣江，难友们要分路了，各自将回到自己的家乡，千里步行与亲人团聚的愿望将要实现，继续找红军重返战场的革命理想将要实现。临别时，大家含着热泪，紧紧握着手，互相祝愿着一路平安。

分路之后，我独自起早贪黑地奔走在返回瑞金的途中。当到达兴国，心想兴国是中央苏区的"模范县"，曾出了有名的"少共国际师"时，一阵喜悦不由得从心中升起。一打听，瑞金离兴国只有200多里路，三四天路程就可以到达，更是高兴得跳起来。

一进入老苏区，就叫人感到温暖亲切，群众知道我是红军长征中负伤掉队的战士，纷纷出来看望我，问个不停。有的是父母打听儿子，有的是老婆打听丈夫，有的是姐妹打听兄弟的下落。因为兴国县参军的青壮年，多数是在红三军团和"少共国际师"，因此，我没有一个认识的。尽管他们没有打听到自己的亲人，但还没等我说肚子饿，他们就纷纷从家里拿菜端饭给我吃，有时弄得我竟不知先吃谁的好了。在老苏区，一路上，这种饿了有群众送饭菜，渴了有群众送西瓜，亲似一家人的感人生活，激动得我难以平静。

苏区的老乡真是亲如父母，情同手足啊！

南渡乌江

萧 华

1935 年春天，红一方面军在茅台附近四渡赤水河。为了以大规模的运动战和游击战调动敌人，使红军主力选择更为有利的路线继续北上入川，我军于 3 月底，以突然的行动回头向南，再渡乌江。

南渡乌江的先遣部队是由红一军团一师三团担任的，先遣部队的任务是选择敌人江防薄弱处实行强渡。强渡之后，再肃清其他渡口的敌人，支援主力过江。当时我奉命随三团先头部队行动。

部队经过一个夜晚的急行军，袭击了离江边约六七十里的鸭溪镇。在军阀王家烈和反动政府压榨下的老百姓，听说红军到来，当晚就开店迎接红军，街面顿时热闹起来。可是，因为一个月来，敌人在乌江南岸封锁消息，断绝行人来往，我们对江边敌人的情况还是弄不清楚。部队在鸭溪稍事休息，次日下午 1 点又由鸭溪出发，飞快地向着江边前进。

又经过一个下午和一个夜晚的行军，在 3 月 31 日到达乌江边。

乌江北岸的大山高约 1500 米。部队在靠近江边的山背后隐蔽下来，封锁了消息。然后，一面派人侦察敌人江防的情况，一面做渡江的准备。军团工兵连配属三团执行先遣任务。在那些阴雨连绵的日子里行军作战，工兵是最苦的了。他们逢山开路，遇水架桥。在经过长途跋涉到达乌江边之后，别人还可利用战斗前的间隙稍微休息一下，而工兵同志却连吃饭睡觉也顾不上，立刻开始了战斗。他们紧张地砍伐竹子，结扎竹排。

战斗之前，乌江岸上是惊人的沉静。天空中阴云密布。

团营指挥员以及突击队的干部到江边实地观察了地形。乌江对岸是笔直的峭壁悬崖，江水轰鸣着滚滚东去。江面并不很宽，然而水流湍急，礁石层出，石壁下汇成险恶的漩涡。人和船只如果陷进漩涡里，就会立刻被它吞没。经过侦察，得知对面渡口的守敌系薛岳所部九十一师的一营，他们是在一个月以前来到的，构筑了坚固的堡垒，把可供渡江的船只和可以登陆的道路全部破坏和封锁了。

经过向群众调查和仔细观察，我们发现对岸石壁上有一条像锁链似的从悬崖上挂下来的羊肠小道。据当地群众说这是渔民下江时常走的小道，从地下爬上去约 50 米高的地方，是用两根树木架成的一座悬桥，桥头上是一个石洞，据险扼守着这通向山顶的唯一孔道，这地形实在太险要了。看来只要守桥的敌人有手榴弹和石头，我们就很难攻上去；要是他们再把那两根搭成悬桥的木头抽掉，我军便休想通过。

原来我们打算趁敌人尚未发觉，采取突然袭击的手段渡过江。一营前卫分队到达离江边 5 里处即伪装起来向江边运动。但是，很快地就被敌人发觉了。因此只好改偷袭为强攻。部队进行了政治动员，号召全体同志学习北渡乌江的勇士们的革命英雄主义精神。全体干部、战士斗志昂扬，并且提出了渡江战斗竞赛。看谁打得顽强勇猛，看谁先到对岸，看谁先占领并巩固住江边的阵地。同志们都下定了决心：只有前进、打垮敌人，不能回头。

一营的 1 个排担任先遣渡江的任务。准备工作既紧张又短促。全排的干部、战士在火力掩护下，坐上竹排就往对岸划去，山顶上的敌人疯狂地向竹排射击。竹排在惊涛骇浪中旋转着顺流而下，没法把握方向，在巨浪冲击下，一会儿漂上，一会儿沉下，半个钟头以后，不但没有渡过去，反而又漂回北岸来。我们分析了当时的情况：水流湍急，即便先头分队能强渡过去。竹排来回渡一次，也需要一个钟头的时间，而敌人又在拼命地封锁。看来，日间强攻难以奏效。于是，准备夜战。

黄昏以后，天气突然变了，霎时，狂风大作，雷雨交加。夜，黑得对面不见人。天色同乌江的浊水难以分辨。江水疯狂地咆哮着。这样的天气对于我们渡江的准备工作的确增加了极大的困难。可是，这对敌人也起了麻痹作用。愚蠢的敌人以为在这狂风大雨的夜里，红军是根本没法渡江的。然而，他们错了。红军最善于从困难中出奇制胜。坏天气恰恰变成了掩护红军渡江的好条件。

夜晚10点钟，在暴风雨的掩护之下，一营白天渡江未奏效的那个排先把竹排拖到预定登岸点的上游，放出后，斜着顺流而下，冲到江心。经过同江水的一番搏斗，这个排的勇士们终于胜利地到达了对岸。而敌人却没有发觉。由于天太黑，南岸的敌情又不熟悉，北岸我军无法以火力支援他们，只能靠他们发扬独胆精神，根据情况进行战斗。

勇士们渡江之后，静静地隐蔽在江边的岩石后，个个浑身都湿透了。3月的夜晚，寒气从江上袭来，冷得发抖。他们派出了三个战士进行侦察，终于找到了石壁上的那条小道。三个战士抓着石壁上的野藤，用绑带、米袋结成绳子，一个一个地顺着石壁间的小路攀了上去。他们在黑暗中借着风雨呼啸声的掩护，悄悄地摸到了吊桥边。一道闪光掠过，战士们看到了蜷伏在桥头洞口的敌人哨兵，几个手榴弹同时扔了过去，蜷缩成一团的敌人有的被炸死，有的狼叫似的喊着"红军来了"！没命地滚下山去。

占领了这个险要的隘口，打开了通向南岸山上的孔道，控制了渡口，后续部队便源源过江。到早晨3点钟，已经渡过一个连。先头连过江后，即以小群分散运动至离敌主阵地100米左右的地方隐蔽下来。

敌人遇到这样突然的打击，又弄不清红军有多少人过江，见山头堡垒已失，慌作一团。我军于拂晓时，实行突然袭击，当即消灭敌人一个连，接着全营敌人就一起垮了下去。

工兵连架起浮桥，天亮后师主力即全部过江，乘胜前进，并迂回到乌江下游的几个渡口的后方。沿江零散守敌全被消灭在江边。

前卫分队在离开渡口七八里路的地方，捉到一个从息烽敌军师部派来的传令兵。他带着一封十万火急的信，要守渡口的敌营长不惜一切代价守住渡口，等待援军。我们得到这个情况后，即留下一部分兵力守住渡口，主力沿公路向通往息烽的婆场前进。半路上，果然遇到敌人增援的 1 个营。他们还蒙在鼓里，完全没有料到迎头碰上了红军。我军一个猛冲，就把这个营大部消灭了，并活捉了敌人的营长，乘胜向贵阳方向长驱疾进。

我军向贵阳方向前进，扬言要打贵阳，这可吓坏了王家烈的"双枪兵"。红军派出一部分部队在贵阳城外摆开阵势，把通往贵阳的方向警戒起来，主力却从离城四五十里的地方往西南而去。那时，敌人以为红军去而复来，要在贵州建立根据地，或东去与红二、红六军团会合，于是川军主力齐集黔北，薛岳部及湖南军阀则由东面堵截，蒋介石亲往贵阳督战。红军却乘虚直插云南，并且又做出要打昆明的姿态。于是，云南军阀又慌了手脚，蒋介石又慌忙赶到昆明督战。而红军主力却又掉头直向西北，又把敌军远远地抛在后面。

　　红军的行动调动了敌人，使自己从容地渡过了金沙江，终于摆脱了数十万敌军的尾追、堵截。渡过金沙江以后，又向北继续前进。

通过大凉山

萧 华

1935年春天，中央红军强渡天险金沙江之后，以风驰电掣之势继续北上，一路上攻占了西昌、越西、冕宁。企图对红军进行阻拦的四川军阀部队，一触即溃，望风披靡。

然而，摆在红军面前的任务还是十分艰巨的。当时尾追红军的国民党军队，已进至金沙江一线，而前头截击的国民党军队，则正向大渡河疾进，红军如果不能迅速抢占大渡河，势必被迫向西转入更为艰苦困难的川康交界地区。因此，当时红军必须排除一切困难，迅速抢渡天险大渡河。为了执行这个艰巨的任务，左权同志率二师五团一部和军团的侦察连，经越西向大树堡挺进，担任佯动，钳制和吸引富林的敌人，红一师一团和工兵连为先遣队，由刘伯承、聂荣臻同志率领，迅速抢占大渡河边的安顺场渡口，以便掩护中央红军的主力渡河。当时我也奉军团首长命令，带一个工作团，随先遣部队进行部队政治工作和沿途的群众工作。

从冕宁到大渡河，中间隔着大凉山地区。这里聚居着中国西南部一个少数民族——彝族，当时，那里还处在奴隶社会。彝族人民性情强悍，部落之间时常因奴隶主互相争夺土地、奴隶、牲畜而引起械斗。汉族商人经常利用彝族人民的朴实诚恳，对他们进行欺诈和剥削，国民党军阀则经常对他们进行"剿讨"和抢掠。这一切，都引起了彝族人民对汉人的猜忌和敌视，种下了极深的成见。他们特别反对汉人的"官兵"入境，显然，在当时要他们能够很快地从本质上理解红军是什么样的军队，是很困难的。

在这种情况下，要顺利地通过这个地区不是一件容易的事情。可是，为了争取时间，我们又必须经过大凉山借道彝民区。我们赖以克服这个困难的唯一武器，就是党的民族政策。我们只能对彝民采取说服的办法，争取和平通过。

先遣队调查了彝民的风俗习惯，在部队中普遍进行了党的民族政策的教育。又请到一位通司（翻译），准备和彝民的首领谈判。

一切准备妥当之后，我们的先遣队于 5 月 22 日早晨开始进入彝民区。一路上只见山峰入云，道路崎岖，山谷中林木葱茏，野草丛生，地面上淤积着腐烂的叶子，厚达数寸。山涧之上往往只有一根独木桥，走起来十分不易。这儿天气多变，时而浓云低垂，时而细雨霏霏，使人有一种瘴病弥漫的感觉。境内有"孔明寨"，相传三国时期西蜀诸葛亮"七擒孟获"的战场就在这里。"孔明寨"便是蜀军兵营的故址。

进入彝民区不远，就看到山上山下，彝民们千百成群地挥舞着土枪、长矛、棍棒，呐喊着，出没于山林之中，企图阻止红军前进。我们不得不缩短行军距离，以防突然袭击。部队戒备着继续前进。

进到彝民境内 30 多里路的谷麻子附近时，前面集聚的人群拦住了去路，我们不能再继续前进了。彝民们喧嚷着，很难听出他们说的是什么。不过从他们的手势和面部激动的表情上，却能够看出，再要强行通过，势必引起冲突了。这时，后卫又传来一个使局面更加紧张的消息：跟在主力后面的工兵连，因为没有武器，刚掉到主力后面 100 多米远，他们携带的架桥器材和其他用具就被彝民一搜而光，可是彝民并不伤害红军。工兵连的同志只得循原路退回出发地。

先遣队停止前进以后，彝民们便密密麻麻地围了上来。我们要通司大声地向彝民们说明红军同国民党的中央军不同，红军不是来抢劫、杀害彝民的，只是借道北上，并且不在此住宿。可是彝民仍然摆手挥刀，高声喊着"不许走!"正在混乱得不可开交的时候，前面山谷入口的地方，扬起一阵烟尘，几匹骡马直驰而来。为首的一匹黑骡子上，是一个高大的彝人，年约 50 岁，脸色微褐，身披麻布。他的到来，使喧闹的人群稍微安静了一些。通司认出这人是此地彝民首领小叶丹的四叔。

有了头人，便好说话，看来是解决问题的时机了，我便要通司找小叶丹的四叔前来答话。当通司告诉小叶丹的四叔说红军部队的首长要找他谈话的时候，他欣然地同意了，并挥退了集聚的人群。

我们首先对他表明了红军是替受压迫的人打天下的，此来并不打扰彝族同胞，只是借路北上。根据彝族人十分重视"义气"的特点，又告诉他，红军刘司令亲率大批人马北征，路过此地，愿与彝民的首领结为兄弟。

听了我们的解释以后，小叶丹的四叔还是半信半疑。可是，当他环顾四周，看到红军的纪律严明，并不像国民党"官兵"那样抢掠烧杀的时候，便对我们的话深信不疑了，特别是听说率领大军的刘司令愿与彝民首领结为兄弟，更加高兴，因而对我们的提议也便欣然答应了。其实，当时红军前进路上的两个彝族部落——"沽基"和"罗洪"，正在不断械斗，小叶丹便是"沽基"家的领袖，他之所以欣然答应与红军结盟，是想借红军的力打败"罗洪"部落。红军与小叶丹结盟，则是为了减少北上途中的阻力。当时为了表示信用，我们把一支手枪和几支步枪赠送给他，他也把骑的那匹黑骡子送给了我们。

谈判就这样顺利地成功了。当我把这个情况向刘伯承、聂荣臻同志报告的时候，他俩正在为继续前进可能引起冲突而焦虑。因为如果先遣队不能顺利地解决借路问题，便要影响后面主力的通过。大家正在苦思良策，获悉谈判如此顺利、迅速，同志们都喜出望外。刘伯承同志当即毫不踌躇地上了马，为了团结少数民族的同胞，为了红军主力的顺利通过，他准备去担任这拜盟的主角。

刘伯承同志骑马来到了部队的前头，小叶丹和另外几位彝族首领立刻趋前迎接。我把刘伯承同志介绍给他们，小叶丹便跪下致敬。刘伯承同志下马亲切地扶起小叶丹，以诚恳的态度重申红军的来意，并愿与小叶丹拜盟，表示将来红军打败反动派以后，一定帮助彝族人民解除一切外来的欺压，建设自己美好的生活。

结盟仪式的准备工作十分简单：两碗清清的湖水，一只雄赳赳的大公鸡。把公鸡的嘴破开，鲜血分洒在两只碗里，碗里的清水立刻变成了殷红色。这便是结盟仪式的全部准备工作。

结盟仪式决定在横断山脉的一个小山谷间谷麻子附近的海子边上举行。海子里的水，清澈如镜，倒映着浓密的树林。春风吹起微波，激荡着岸边的岩石，像是在为这个可纪念的盟誓唱着赞歌。

我们把结盟的仪式安排妥当之后，刘伯承同志和小叶丹叔侄来到海子边上，他们面前摆着滴过鸡血的水碗。

不用香，不用烛，面对着蔚蓝的天和清明的水，主宰这个盟誓的是兄弟民族团结的赤诚。

刘伯承同志高高地端起了大碗，大声地发出誓言："上有天，下有地……刘伯承愿与小叶丹结为兄弟……"当他念完最后一句，便把鸡血水一饮而尽。小叶丹叔侄也立即把

"盟酒"饮完，结盟的仪式便告结束。

夕阳的余晖映红了海子里的水，海子边上呈现出的是友爱、团结的气氛。虽然暮春傍晚的大凉山还是凉风习习，然而人们的心中却是温暖的。

由于当天走不出彝民区，先遣司令部决定返回 30 里，在汉族地区的大桥宿营。小叶丹叔侄也被热烈地欢迎到红军的宿营地来。彝族人善于喝酒，先遣司令部把驻村所有的酒全部买来，这些酒量如海的客人也只不过微有醉意。

第二天，小叶丹于清晨先行返回，他的四叔引导红军入境。结盟的消息早已传开，凭着头一天亲身的经历，彝族人民已经相信红军司令与他们的首领结盟是真诚的，红军是不会侵害他们的。他们已不像昨天那样猜忌和拦阻了，都成群结队地站在路旁，好奇地仔细地看着红军的队伍，浩浩荡荡向北而去。红军纪律严明，秋毫无犯，踏着轻快的步伐前进。经过近百里的强行军之后，便走出了彝族地区。刚刚进入汉族地区的岔罗街，便遇上了当地的反动民团。在暮色苍茫中，他们把红军当成了"中央军"，因为他们这批专门在汉彝边境上祸害人民的家伙，不仅认不得红军，连他们的"中央军"也从未见过，蓄着八字小胡、吸鸦片吸得脸色蜡黄的岔罗区区长，亲率几名喽啰前来欢迎。

我们也便将计就计，略为装扮一下，就进了村子。

这个昏头昏脑的家伙，摆了酒席为我们"洗尘"。就在酒席桌上，我们把前面路上的情况和安顺场的敌情都一一了解清楚了。特别是了解到安顺场渡口只有一只小船，夜间在这岸，白天就划到对岸。如果不能出敌不意神速地把这条小船抓住，要过大渡河就非插翅不可了。情况弄清楚以后，我们就把这帮残害百姓的坏蛋缴了械，捆了起来。

　　虽然经过一天的强行军，并且只吃过一顿饭，已经十分疲劳，但是为了争取时间，争取胜利，在夜色茫茫中部队又向着大渡河继续前进了。

三过夹金山

谢　良

中央红军北渡金沙江之后，又跨过了大渡河，准备翻过夹金山与四方面军会师。我们五军团过了泸定桥经过天全，于 1935 年 6 月到达川西的宝兴县，按军团长的命令，我三十七团在宝兴以北 50 里的盐井坪，构筑工事阻止尾追之敌。

盐井坪是个小小的山村，坐落在深山谷里，两边都是一二里高的大山，山上是茂密的原始森林。村子里散布着一片破破烂烂的茅棚和土屋，唯有一座砖瓦房，是家地主，人早已逃走了。

村子里冷冷清清，鸡不鸣，狗不叫，很少有人走动，遇上的几个老人、小孩，也都离得远远的，用惊惧的目光看着我们。我们驻下以后，一面在村外构筑工事，一面在村里向群众宣传党的政策。战士们帮助老乡扫院、劈柴、担水，团政治处的同志又把那家地主的粮食衣物拿出来，分给贫苦的农民。很快，老乡们认识到红军和四川军阀刘湘的军队不一样，是真正穷苦人自己的队伍，便和我们亲近了。

乡亲们听说我们红军要翻到雪山那边去，都惊愕地摇着头。他们把雪山形容得非常可怕，山上冰天雪地，鸟兽绝迹，一会儿狂风大作，一会儿大雪纷飞，如果触怒了"山神"，不是被大雪埋住，就会被狂风卷去。老年人说："常言道，大雪山，大雪山，只见有人上山走，不见有人下山来，你们千万不能上去啊！"

"为了北上抗日，为了天下穷人的解放，莫说是雪山，就是刀山，也要过呀！"我们向乡亲们解释说。

一个二十六七岁的小伙子笑着说："其实，雪山没啥了不起，能过去。"

这个小伙子是侦察排的一家房东，平时以打猎为生，兼种地主的几亩地。王排长上前握住他粗大的手，高兴地问道："你翻过雪山吗？"

"翻过！"

"到时候，你能带我们过去吗？"

他点点头说："行，我给你们带路。说实在的，你们图的啥呀，还不是为了所有的穷人都解放。再说，你们来了给乡亲们做了这么多好事，我不送你们过去，心里也过意不去呀！"

后来，我们依照这个小伙子的建议，买了许多辣椒、大蒜、大葱，准备完成阻击任务后上山时吃，以抵御雪山上的寒气。

中央红军在盐井坪这个深山谷整整过了两天。第三天一大早，四川军阀邓锡侯的混成第一旅跟踪而来，他们遇上了我们的坚决阻击，龟缩在离我们 1 里多的地方构筑工事。从此，我们和敌人白天互相射击、夜晚各自修筑工事，彼此对峙着。

大约是战斗的第五天，我们接到军团首长打来的电报，在夹金山那边，红一方面军和红四方面军已胜利会师。我们已经完成掩护任务，应立即北上。

天不亮，我们就从盐井坪出发了，经过 70 余里的行军，赶到夹金山下，部队就地宿营。炊事班同志给大家做饭，水老是烧不开，大家既奇怪又着急，当时我团卫生队长谢立泉是我们的一个知识分子，他说："这梁地形高，缺少氧气所以水就烧不开，只好凑合些，半生半熟地吃顿吧！"次日清晨，我走出帐篷抬头向山顶望去，只见白皑皑的一片。夹金山的主峰，像一把锃亮的利剑，直插云霄。

吃完早饭，每个人喝了一碗辣子汤，就开始爬山了。山上本来没有路，但几万红军通过这里，已经踏出一条弯曲而宽阔的雪路，团宣传队的几个同志在路边大声地鼓动说："同志们，我们走的是党中央和毛泽东同志开辟的道路，是通向胜利的道路！大家加油啊！"

越往上爬，气温越低。寒风吹在身上，冷飕飕的；雪粒打在脸上，像刀割似的疼痛。我们身上穿的都是单衣，几乎和没穿衣服一样。有的同志把毯子裹在身上，也无济于事，仍冻得浑身哆嗦，牙齿打战。特别是一双脚，长时间在冰雪里行走，草鞋浸湿后冻上了冰，硬邦邦的，磨得生疼。很多同志的脚被冰碴儿划破，鲜血直流。我问一个战士疼不疼，他说："起初还有点疼，现在麻木了，也不觉得疼了。"

再往上走，空气更加稀薄，胸口就像压着一块大石头样透不过气来，两条腿也像灌了铅似的沉重。每向前迈出一步都要花费很大的气力，连着走几步心就跳得格外厉害，甚至头昏目眩，仿佛整个雪山也都晃动起来。李屏仁同志的腿负过伤，平地行军都有些拐，如今爬山更是困难了。他拄着根木棍，一步一喘，一颠一颠地跟着大家往上爬。我见他脸色苍白，便问道："老李，怎么样，找两个同志扶你走吧？"

"不要。"他赶紧举起手里的木棍，装出很轻松的样子，"你看，我有三条腿哩！"可是话音刚落，他脚下一滑，就跌了一跤。同志们连忙把他拉起来，他还挣扎着要自己走，而通信排的两个同志不管三七二十一上前扶着，把他架走了。

战士们你帮我，我帮你，推着拉着往上爬，与雪山进行着英勇的搏斗。一营长彭少青同志挑着一连炊事班长老刘的那副油盐担子，一步一步往上迈，老刘在后面跌跌撞撞地跟着，直嚷嚷："营长，我能挑，给我吧！"

我见他追得气喘吁吁，便说："老刘，你别追了，这是什么时候了呀！"他也实在走不动了，只得放慢步子。

快接近山顶时，山势更加险峻。风大，路滑，经常有人跌倒，甚至从雪坡上滚下去。不少同志已精疲力竭，走几步就呼呼直喘，只想坐下歇一歇。有的说："我的心快要跳出来了，让我坐一会儿吧！"但是一坐下来后，就再也起不来了。后来遇到这种情况，旁边的同志总是温和而又严肃地说："不能坐，来，我扶着你，慢慢走。"团宣传队的几个同志仍然很活跃，支撑着疲乏的身子，用嘶哑的声音不断地喊着鼓动口号：

"同志们，加油！快到山顶了！"

"坚持！坚持就是胜利！"

在路的两旁，可以看到一个个隆起的雪堆，使我们感到沉痛，同时又使我们警惕起来，仿佛那些牺牲的战友对我们说：可不能松劲呀，一定要拿出身上所有的力气，咬紧牙关，坚持到底，战胜这冷酷无情的大雪山！

中午，终于登上了山顶，高高的大雪山被我们踩在脚下了！战士们欢呼起来。欢呼声响彻冰山雪岭，在山谷间久久地回荡着。通信排的那个战士举起手中的木棍，对王玉山同志大声嚷道："排长，你看，雪山高，还是我的棍子高呀？"逗得大家都笑了。

我和李屏仁同志并肩站着，举目远眺，只见晴空万里，阳光灿烂。四周冰峰笔立，雪山环抱，山谷间云海连绵，云涛汹涌，真像到了神话中的琼玉世界。

"啊！好看极啦！"我情不自禁地赞叹道。

李屏仁同志笑笑说："这样奇妙的风光，只有历尽千辛万苦的红军战士，才能欣赏到啊！现在的武汉、南京，热得像个大火炉，人们吃着西瓜还出汗呢！"

下山不像上山那样吃力，路也近得多，因为山那边就是青藏高原。战士们十分活跃，队伍里扬起了一阵阵歌声。炊事班长老刘从彭营长肩上接过那副油盐担子，迈着轻快的步子，笑嘻嘻地对旁边那个战士说："小伙子，咱们比赛吧！"

又走了五六里，积雪逐渐少了，山坡上沟壑纵横，矮树丛生，一群群浑身长着长毛的牛，有的低头吃草，有的追逐嬉戏，许多同志惊奇地问："这是什么家伙？"向导告诉我们："这就是藏民的牦牛。"

下山以后，我们按照军团部早先的指示，顺着河沟，到达维南边的一个村庄去宿营。有的同志边走边回头看看背后的大雪山，喜笑颜开地说："再见啦，夹金山！"

傍晚，透过高原上的矮树林，在苍茫的暮色中，我们看到了一座很大的村庄。"到宿营地了！"大家都松了口气。

正要进村，军团部的一个骑兵通信员已在等我们，拿出军团首长的一封信来。完全出乎我们意料，信中要我们为了保卫党中央，掩护红一、红四方面军休整，迅速返回夹金山，再至盐井坪一线坚守阵地，继续阻击尾随的敌人。

这一任务来得太突然了！部队好不容易才翻过雪山，现在马上又要返回去，大家的思想能不能搞得通呢？我们开了干部会，传达了军团首长的命令，讲了这次任务的意义。开完会，我们团的几个领导同志就分头下去，了解战士们有什么反应。

我首先来到一连，这里的同志已派好房子，搭好床铺。有的在扫院子；有的在洗脸、洗脚；有的在修补草鞋；有的围坐在一起，热烈地议论着红四方面军的情况。

我见他们说得这样热闹，便凑过去，把明天要返回夹金山的任务给大家讲了，接着说："同志们，任务是很光荣的，也是很艰巨的，我们要发扬吃大苦、耐大劳、不怕牺牲的革命精神，完成好这一任务。一些年纪大的、身体不好的同志，就留在这里，不要过去了。"

对于这个突如其来的情况，战士们也非常惊诧，大家你看我，我看你，都不知说什么好。突然，一个班长在后面大声地说："政委，我们坚决执行命令。保证完成任务！"这句话像一块石头投进平静的水面，激起了层层浪花，大家马上热烈地议论开来，纷纷表示坚决完成任务。

我又到了二连和三连，连里都开过支委会，并向战士们动员过了，大家正投入紧张的准备工作。

天渐渐黑了，团侦察排接受了打前站的任务，他们把刚打开的背包重新打了起来，只好相依靠着合了眼，下半夜就跟着排长王志雄同志和向导动身往回返了。

第二天拂晓，在"再过夹金山，守住盐井坪"的响亮口号下，部队又一次向雪山进军。我在队伍里一眼就发现了炊事班长老刘，他挑油盐担子，走得飞快，从我身旁经过时，笑嘻嘻地说："政委，我们连长指导员叫我给说服啦！"

行军的速度很快，上午八九点钟，我们就登上了山顶。这时候，山上弥漫着浓重的雾，大家的衣服、帽子全都湿了，寒风一吹，立刻结上了一层薄冰。

下山时，道路曲折陡峭，光滑难行。许多同志稍一疏忽，就跌了个仰面朝天。队伍的前前后后，不时地传来滑倒跌跤的声音。行军的速度减慢了。李屏仁同志看到这情形，拄着棍子焦急地说："这怎么行，到天黑也下不了山呀！"走在旁边的二营营长饶子健同志正要说什么，突然脚下一滑，哧溜一声，滑下去十几丈远。大家正为他担心，他却慢慢地站起来，抬起头向我们看了看，高声嚷道："溜吧！溜着下来这样快呀！"

大家都学习他用滑雪的办法下山。垫着斗笠的，垫着毯子的，或者就垫一双草鞋的，坐着的，蹲着的，各种姿态都有。滑呀，滑呀，一齐向山下滑去。有些人互相撞上了，翻滚在雪地里，哈哈大笑着把对方搀扶起来，又继续往下滑。有的人耳朵冻疼了，手冻僵了，哈哈气，搓搓手，又鼓足勇气滑起来。在白茫茫的雪山上，数不清的黑点，流星似的向下滑去，好像从雪山顶上突然泻下一股湍急的人流！这真是飞兵自天而降，锐不可当啊！

两个多小时，部队就来到山脚下。许多同志滚得从头到脚都是雪，有的衣服拉破了，有的脸颊跌肿了，大家互相一看，不禁大笑起来。

部队在山脚下稍微休息一会儿，就以急行军的速度复插盐井坪。在盐井坪，我们又和敌人对峙着，白天打仗，黑夜休战。这样过了一个星期，我方没有任何伤亡。

一天下午，我们接到电报，要求我团立即翻过夹金山，经达维到懋功待命。

从我们第一次过雪山那天算起，正好是 10 天，我们又要第三次翻越夹金山了。那个向导又跑来要求仍让他带路。

我很感激他的好意，便对他说："那我们三过雪山，你不要过四次吗？"

他却笑笑说："不，我也只过三次，我要参加红军！"

李屏仁紧紧握住他的手，高兴地说："好哇！我们欢迎！"

那天，我们仍顺着前两次的路线走，一路很顺利。途中，团供给处又发给大家一些辣椒、蒜头，我们仍是在山脚下宿营。第二天一早，部队就上山了，由于有前两次的经验，大家走得不紧不慢，感到比第一次轻快得多。但是，离山顶不远时，山后突然涌出一块乌云，向导瞅了瞅，然后神情紧张地说："糟了！要来暴风雪了！"

我们抬头一望，只见乌云正在迅速扩大，便立即通知部队，要大家做好抵抗暴风雪的准备。

突然，山间长啸一声，狂风猛地向大家扑来，好多同志背上的斗笠，飞到半天空，又落到几十丈深的雪沟里去了。不一会儿，狂风就卷着暴雪，铺天盖地地压来。人往前走，狂风像只无形的巨手把人们挡住；稍抬起头，雪粒便刷刷地迎面射来。有的同志大声叫道："我迈不开步子啦！"

"拉住！大家紧紧拉住！"同志们互相鼓励着。

战士们五六个人，挽着手，弓着腰，互相拉着、推着、顶着，慢慢地向前移动。为了防止被旋风卷走，五六个人结成一个蘑菇形的人环，低着头，蹲在地上不动。在这千年不化的雪山上，无数个蘑菇形的人环，像一朵朵迎着暴风雪开放的雪莲，闪耀着群众的智慧，显示了集体的力量！

尽管这样，有的同志还是倒下去了。部队登上山顶的时候，暴风雪逐渐减弱。但每个人都已精疲力竭，要不是互相搀扶，准会有更多的人倒下去。

"老班长！老班长！"突然从不远的地方传来一阵惊呼。我抬头一看，前面路旁围着一堆人。我心想不好，急忙赶上前去，只见一连炊事班长老刘脸色苍白，躺在雪地上，已经不省人事了。

医生赶来，经过一番抢救，又痛心地摇摇头。一连指导员俯下身子，大声叫道："老刘！老刘！"开始老刘没有任何反应，后来才微微睁开两眼，牵动了一下嘴唇，小声说道："指导员，我对不起党，没有能够坚持……"

"老刘，不要紧的，你会好的！"我安慰说。

他强睁着眼，转向我说："政委，我……不行了，过不去了。"突然，他一只手颤抖着伸进口袋，拿出一个手绢包，塞到指导员的手里，而后微微一笑，断断续续地说："同志们，跟着毛主席前进，北上抗日！"说完，就紧闭了双眼。

虽然同志们大声呼喊，他却再也不吱声了。

打开手绢后，里面有两张用旧了的中央革命根据地的钞票和一块银圆，还有一张小纸条，上面有两行模糊的铅笔字："如果我牺牲了，这是我的最后一次党费。"

我接过这个还留着老班长体温的手绢包，像是接过一团火，一阵心酸，泪水模糊了我的双眼。我知道，这样的纸条，在江西革命根据地反"围剿"战斗最残酷的时候，很多党员身上都有，我也曾好几次从牺牲的战友身上发现过这样的纸条。但我没有想到，老刘竟把它保存得这样长久，而在这长征途中，在雪山的狂风暴雪中交出了它！我双手捧着这个小小的手绢包，回想长征以来，老刘始终勤勤恳恳，英勇战斗，对同志是那样关心，对群众是那样热情，对工作又是那样负责……一直到他为中国革命事业献出自己宝贵生命的最后一刻，他的肩上还挑着一副重担！我凝视着这个小小的手绢包。觉得手里捧的不是普通的两张票子和一块银圆，而是捧着老刘同志的一颗心，一个共产党员对党对革命赤诚的心啊！

我从悲痛中清醒过来，叫几个战士在路旁挖了一个雪坑，把老刘用军毯裹好，安葬了。大家脱下军帽，低头向那堆莹白的雪墓静默致哀，然后才陆陆续续离开。我回过身来，见那个年轻的炊事员擦干泪水，从地上挑起老班长从江西挑到这里的那副油盐担子，迈着坚定的步子，继续前进了。

金沙江畔阻击战

谢 良

　　四渡赤水以后，敌人把兵力都集中到贵阳附近，红军在毛泽东同志的英明指挥下，却向贵阳虚晃一枪，趁云南空虚之际，突然甩开敌人，大踏步地向云南前进，一路上几乎没有遇到敌人阻拦。这时龙云在昆明城里，正胆战心惊，惶惶不可终日。半月前，他把滇军调去增援贵阳，后方十分空虚。如今他唯恐红军进攻昆明，抄他的老窝，于是四处告急，央求派兵来援救昆明。其实红军并不是真的要攻打昆明，只不过是为了调动和迷惑敌人，以便寻找机会北渡金沙江。

　　我们红五军团三十七团完成包围曲靖的任务后，又担任全军的后卫，随着大部队日夜兼程向西挺进。1935 年 5 月 1 日，我们赶到团街附近，得知干部团已经抢渡金沙江了，大家都立即欢呼起来。当天晚上，我们到了离江边几十里的石板河，接到军团首长的命令：就地选择阵地、构筑工事，准备阻击尾随敌人，掩护中央纵队渡金沙江。

石板河，是昆明经皎平渡通向四川驿道上的一个小镇。镇子的北面靠着山，南面有一条小河，把驿道割断了。河上没有桥，只有一些石头砌的台阶，人马车辆要过河就得涉水。按照军团首长的命令，我们团在石板河南面，沿着河岸构筑工事。

起初，军团首长命令我们，坚守阵地三天三夜。第二天来了新的命令，要我们坚守六天六夜。第三天，情况又变了，我们的任务是坚守阵地九天九夜。有的同志迷惑不解，同时又感到责任重大。

可是我们没有想到，就在5月5日这天，党中央特地派红军总政治部代主任李富春同志从金沙江北边返回石板河，来传达解释中央命令。在军团部召开的团以上干部会议上，李富春同志介绍整个渡江的形势时，指着墙上的军用地图说："原先，全军准备从三个渡口渡过金沙江。现在，三军团虽然从洪门渡过了1个团，但因水流太急，架设的浮桥被水冲垮了，不能继续渡江。一军团在龙街渡佯作渡江准备，吸引了不少敌人，加上江面太宽，容易受到敌人飞机的袭击，也不能在那里渡江。如今只有皎平渡一个渡口能够通船。因此，中央决定全军的千军万马，都要从皎平渡渡过江去！"到这时候我们才弄明白，上级一再加重我们的掩护任务，原来是这样的情况啊。李富春同志又指着地图上的皎平渡继续说："这唯一的渡口，情况又怎样呢？江面有600余米宽，流速每秒 4 米，江心漩涡很多，渡江也是十分困难的。但是，最大的困难还是渡船太少。我们只有 7 条船，大的能坐 30 人，小的只能坐 11 人。全军几万人马就要靠这 7 只小船渡江，即使日夜抢渡，也不是一两天或三四天可以渡完的。所以，中央不得不一再加重你们后卫的掩护任务！"

军团长董振堂同志站起身来，代表红五军团表示了决心，并对大家说："北面是金沙江，南面是敌人，我们是背水作战。任务完成的好坏，直接关系到全军的安危。大家回去告诉部队，一定要坚守住阵地，人在阵地在，要用鲜血和生命来保证党中央和全军胜利渡江！"

回到阵地，我们立即向部队传达了党中央和毛泽东同志的指示以及军团首长的决心。当天傍晚，李富春同志在军团长董振堂、政委李卓然同志陪同下，来到我们三十七团的前沿阵地。到一连的时候，见几个战士正在工事里小声地唱歌，李富春同志便走过去，笑着问道："你们在唱什么呀？"

战士们唰的一下站起来，其中一个答道："首长，我们正在学歌哩！""学什么歌？唱给我们听听好吗？"董振堂同志说。

战士们迅速站成一排，满怀着战斗豪情，高声地唱了起来：

金沙江流水响叮当，
常胜的红军来渡江，

不怕水深河流急，

不怕山高路又长。

渡过金沙江，

打倒狗刘湘，

消灭反动派，

北上打东洋。

　　李富春同志听了后，点点头说："这个歌很好，我们红军就是什么都不怕，什么都阻挡不住，一定要渡过江去，要北上抗日，要胜利到达自己的目的地。"他还讲了一些勉励大家的话。

　　一天上午，敌人突然一个劲地打炮，战士们蹲在猫耳洞里，根本不理睬。等炮火一停，同志们一跃而起，眼盯着冲上来的敌人。指挥员一声令下，战士们跳出战壕，向敌人猛扑过去。敌人看这阵势，什么也顾不得了，夹着尾巴掉头就跑……

　　反冲锋结束后，各连都缴获了不少枪支，还抓回来一些俘虏。二营有三个战士押着两个俘虏回到阵地上。一个战士见俘虏哆哆嗦嗦地站着，便往石头上一坐，学着连长审问俘虏的口气，厉声问道："过来！你们是哪个部队的？"

　　"长官，我们是十三师的。"一个俘虏点头哈腰地回答说。

　　"什么！你们怎么是十三师的？你们是冒充十三师的！"

那个战士几乎吼叫起来。

俘虏吓坏了，他不明白为什么说到十三师，这个"长官"如此恼怒，连忙说："我……不敢说谎，是十三师，师长叫万耀煌，共8个团。"原来那个战士以为敌人是冒充红军，因为我们原是红五军团十三师，他没想到敌人的番号也是十三师。这时另一个战士在旁边忍不住笑了，说："哈哈，红军的十三师遇上了白军的十三师，这真是'冤家路窄'呀！"

那个战士忍住笑，继续对俘虏训道："管你十三师也好，十四师也好，统统是我们红军手下败将。连你们的总头头蒋介石，也得乖乖地听从我们毛主席的指挥。我们牵着他的鼻子，叫他朝东，他不敢朝西；叫他向南，他不敢向北……你们给他卖命，有什么好下场！"

两个俘虏结结巴巴地说："是是是！我们不愿意给他卖命。"

俘虏被带走后，战士们都捧腹大笑起来。从此，红军十三师审白军十三师的故事，就在部队里传开了。

第二天，敌人1个团的兵力又被我们迅速地打退了。这时，敌人才意识到我们这支部队是不好惹的，不敢轻举妄动。但他们并没有死心，连夜在小河那边构筑工事，和我们对峙着。

金沙江边不断传来部队过江的好消息，我们红五军团也开始过江了。

第八天早晨，军团部、三十九团开始向金沙江边移动，阵地上只留下我们团。敌人却越来越多，2个旅（6个团）的兵力云集山前，形势十分紧迫。但是，同志们都很沉着，准备给敌人再来个迎头痛击。下午，我们突然接到军团首长的命令，撤出阵地，迅速过江，军团侦察连到我们阵地接了防。这时，李屏仁同志以蔑视的目光瞥了瞥对面的敌人，随后转向我，兴奋地说："哈哈，胜利啦，我们又胜利啦！"

不一会儿，各连陆续撤出阵地，通过石板河，顺着高低不一的驿道急行军。没走多久，暴雨瓢泼，大家顶着狂风暴雨，踏着泥泞的驿道前进，一口气走了40余里，下山是江边了。天色越来越暗，雨仍下个不停。我和李屏仁同志正走着，看见路旁有一座关圣庙，他朝那边努努嘴，对我说："怎么样，一起去喝点水？"

"行！"我说着，便和他一起跨进庙门。

一个老香客迎上前来，客气地招呼道："红军先生，请坐请坐！"

"老人家，有开水吗？"李屏仁同志问。

"有，有，有！"他忙转身进里屋张罗开水去了。

我们坐下来，瞅瞅四周，整个大殿黑沉沉的，可是前面部队贴在圆柱上的"打土豪分田地""买卖要公平"等标语，却十分醒目。

"老人家，到江边还有多少路？道好走吗？"我问道。

"这里到江边整50里，道可不好走。下山路窄、坡陡，路上尽是碎卵石。平时都得带手杖哩!"他一边倒水,一边又感慨地说,"这几天,我看你们成千上万的人马从这里经过,到江边去,真是了不起啊!"

"为什么?"我问了一句。

"你们可知道,这条金沙江,古时候叫泸水。"他看了看我们,"三国时诸葛孔明渡泸水,深入不毛之地,就是渡金沙江,到云南地界来的。那时蜀将马岱带兵两千,涉水的时候中了瘴毒,一下子就死了 1500 人!如今你们这么多人能平安地渡过江去,真是不容易哩!"

李屏仁同志见这老人很健谈,高兴地说:"老人家,三国时候只有一个诸葛亮,共产党领导的红军,有千万个诸葛亮嘛!"

"就是,就是,你们红军里面有能人!"老人不住地点头。

外面的雨仍哗哗地下个不停,我们喝了热开水,顿时暖和多了。我们要付开水钱,老人说什么也不肯收。我们便指着柱子上"买卖要公平"那条标语说:"这是红军的规矩,你要是硬不肯收,我们就犯纪律了。"他才勉强收下。

从这里到江边,果然山势陡峭,道路崎岖,加上雨大路滑,十分难走,很多人都摔了跤。李屏仁同志就跌倒了多次,他那两只手被锋利的石子划出一道道血口,血和雨水顺着手指一起往下流,他毫不在意,笑着说:"下吧!这样大的雨,敌人是不敢走的,等明天天晴他们起来,我们已经离开云南到四川啰。"

我们整整走了一夜，第二天黎明，赶到金沙江边，隐蔽在江边的矮树林里。兄弟部队的一些同志，正在江边等着摆渡，渡船一靠岸，战士便排成一路纵队，秩序井然地上船。

渡船划到北岸，停靠在陡峭的岸边，我们跳下船来顺着石阶向上走，迎面遇见红军总参谋长、渡河司令刘伯承同志和政委陈云同志。刘伯承同志高兴地说："同志们辛苦了！你们仗打得好，掩护全军安全渡过了金沙江，这可是个很大的胜利啊！"他指着眼前的金沙江，朗朗笑道："你们看，金沙江的惊涛骇浪，也拦不住咱们红军，咱们全军都安全过来了。"

我们团过江以后，军团侦察连随后也跟着过来了。江南岸的沙滩上，空荡荡的，没有一个人影。渡河司令部下令沉船。

说来也巧，我们刚刚凿沉这 7 条渡船，两架敌机就飞来了。不一会儿，敌机像发现什么目标似的，顺江向渡口轰炸、扫射起来，可这时我们的部队已沿着曲折的山路向会理方向前进了。有的战士回头看了看，打趣地说："真是些不中用的东西！就是欢送，也该早点来呀！"

激战老木孔*

郭天民

1935年3月，红一方面军主力第四次越过赤水返抵乌江北岸之际，我红九军团正在打鼓新场（金沙）一带活动。当时，我在红九军团任参谋长。一天，突然接到军委电令：红一方面军主力拟立即南渡乌江，为保证顺利南渡，决定红九军团暂时留在乌江北岸，以积极的行动来迷惑、引诱敌人，牵制敌人。

红九军团在整个方面军中是一个新的军团，人数较少，短小精悍，宜于机动作战。特别是遵义会议以后，部队进行了整编，将原有的2个师缩编成了3个团。机关、后勤也做了大力精简，组织精干、连队充实，更加强了机动能力。所以，这次它又担负起单独行动、掩护主力的任务。我们于金沙的马鬃岭开始战斗行动，故意造成声势，折转向东，在湄

---

* 本文节选自《从乌江到泸沽——九军团长征中单独行动回忆片段》，收录时做了适当修改。

潭一带展开活动，以吸引敌人，转移敌军对我主力的注意。军委及主力红一、红三军团乃乘机疾进，胜利渡过了乌江。

军委交给我们军团的牵制任务是完成了，但我们抢渡乌江、尾随主力行动的计划却受到了阻碍。3月31日，我们接到军委来电，说主力将渡江完毕，发现吴（奇伟）、周（浑元）纵队已由西南沿鸭池河北上，向我渡河点迫近。命令我军团星夜兼程，于第三天8点赶至沙土，尾随主力过江。这一天，正下着毛毛细雨，夜漆黑，山道湿滑难走，我军穿过敌人的空隙，冒雨前行。终因山路崎岖，赶到沙土已超过限期6小时。此时得到侦察员报告：敌吴、周纵队正迎面赶来，先头部队已距沙土不远。同时，派往渡口联系的人员也告诉我们：由于限时已过，加上敌情紧张，看守浮桥的部队已将桥破坏了。

渡江不成，敌已迫近，我军团顿时处于非常险恶的境地。我们当即开会，决定立即转移，离开江边。为了迷惑敌人，确定行军的路线是沿来路向东北返回20多里，然后再转向西北，以便摆脱敌人。于是，部队当即以急行军速度向沙土东北方向前进。

乌江岸边的山路崎岖难走，又要小心地绕过敌人，部队经过一天一夜的隐蔽行军，才走了五六十里路，4月3日下午5点多钟，到达了打鼓新场的老木孔。老木孔是个百十户人家的小乡镇。部队经过两昼夜的急行军，十分疲劳，原想能在这里稍事休息的，但刚到不久，便接到侦察部队的报告，东北面发现敌人，是贵州军阀犹国才部3个团（后查明是7个团）正向西南方向追击我军。

刚刚脱离了迎面而来的敌军主力，尾追的黔军又赶到了跟前。这时应该怎么办呢？打，还是不打？经过研究，军团党委认为：敌人重兵已经逼近我军，如果不打一下，让敌人继续盯住穷追，我们这支连日行军的疲惫之师，想摆脱敌人是困难的；过江自然是困难，要追上主力就更困难。只有选择弱点，打垮它一路，才能做到行动自如，而且打的条件也是有的。我们已经不是第一次和黔军打交道了，对他们的特点是了解的：犹国才部是身背烟枪的"双枪兵"，战斗力较弱，装备也差（只有步枪和重机枪，且多系赤水、巩县所造）；我虽在数量上不占优势，但集中兵力，寻求战机，攻其一点，对于正在向云南进军的主力有直接的配合作用。因此，当即下定决心：坚决打！随即部署战斗。这里的地形条件很好，大道的两侧是一片丘陵地带，没有什么高大的树林，却到处是茂密的竹林和一人多高的灌木丛，很便于部队隐蔽。我们以九团位于正面，七团位于右翼，八团位于左翼，在这段山道上秘密地构成了一个伏击圈。具体打法是：不打头、不打尾，集中力量伏击敌人的指挥机关，打乱他们的指挥系统，然后击溃全军，战斗发起的时机则尽可能选定在中午前后。因为这时敌军军官和士兵们鸦片烟瘾发作，战斗力最弱。

拂晓，部队经过深入的政治动员之后悄悄地进入了阵地，在灌木丛中隐蔽起来。指挥所设在靠近路旁的一带树丛里，一条条电线通向突击部队。一切战斗准备工作均已完成，待机而动。

从拂晓一直等到上午8点多钟，才把敌人等到。敌人沿着大道，以常备行军队列，一坨坨、一队队，拥拥挤挤地向西南方向走去。我们屏住气观察着、计算着，一个团过去了，又一个团过去了，眼看过去了3个多团，却仍然不见敌人的指挥机关。这种情况使我们不免有些焦急。原来侦察是3个团，现在过去了这么多仍不见指挥部到来，敌人兵力是大大超过原来的估计了，但是战斗又非打不行，只有盼着敌指挥机关早些到来。等到1点多钟，大路上渐渐热闹起来了，敌人的行军序列越来越杂乱，有骑马的，有乘滑竿的，还有骡马、担架、挑子……大概是烟瘾发作了吧，一个个脚步蹒跚、懒洋洋的，这便是我们预定的攻击对象，也正是我们预定的攻击时间。

"开始出击!"一排枪响，战士们从树丛中一跃而出，喊着杀声，向着敌群猛冲过去。在这突如其来的攻击下，敌人顿时乱成一团，四处奔逃。跑得快的还可以带上小枪（烟枪），跑得慢的，干脆跪倒路旁，举枪投降了。

敌人的指挥机关被打乱，下面的各团失去了掌握，我七团、八团乘机猛冲，将敌人击溃，接着便跟踪猛追，一气追了五六里路。正在这时，敌人先头一个团发现我兵力不多，便掉转头，向我左翼反扑过来，即与我左翼的八团部队接触，因我八团只有一部分部队投入追击，力量不足，难以将敌人击退。敌人步步进追，渐渐迫近军团指挥部。这时，军团手头没有预备队，抽调部队又来不及，一时变得非常紧张，幸好还有侦察连在。侦察连有 180 多人，武器好，战斗力强，于是立即将该连投入战斗，协同八团奋力反击，才将敌人击溃。

黄昏时分，战斗全部结束。共缴获步枪 1000 多支，俘虏敌兵 1800 多人，其中还有两个副团长。据俘虏供称：这次他们共约 7 个团，由敌旅长白辉章率领，原来是想紧紧跟踪我军，会同中央军吴、周纵队，将我军围歼在乌江边上的，却想不到落入我军伏击。直到这时我们才确实知道敌军不是 3 个团。尽管如此，敌人还是被我们打垮了。这次战斗胜利的事实，使我们又一次体会到部队的战斗素质是多么可贵，正是他们"以一当十"地奋勇战斗，才使战斗获得了胜利。

抢渡金沙江[*]

郭天民

1935 年 4 月，为配合红一方面军主力南渡乌江的行动，我红九军团暂时留在乌江北岸，以积极的行动来迷惑、引诱敌人，牵制敌人。完成牵制任务后，抢渡乌江、尾随主力行动的计划却受到了阻碍。红九军团决定立即转移，离开江边。在老木孔战斗、猫场战斗之后，红九军团继续西进。

为了更有效地迷惑敌人、牵制敌人，配合主力行动，我军便故意绕道行进，以更大的机动与敌人周旋。有时我正向南挺进中，突然矛头折转西北，待敌将兵力向西北方布置堵截时，我又转向西南；而当敌人捉摸不定的时候，我又毅然向目的地前进，将敌远远地甩开了。在这连续行动中，我仍寻找机会打击敌民团、税卡，向群众宣传，以扩大政治影响。

---

* 本文节选自《从乌江到泸沽——九军团长征中单独行动回忆片段》，收录时做了适当修改。

正当我军这样迂回运动之际，接到军委电令，命令我军团立即相机渡过北盘江。

当时，原来想在北盘江上游的盘江桥渡江，但行至盘江桥附近，发现这一渡河点已被敌军先我占领，并派有重兵把这条唯一的铁索桥严密控制着。这时，尾追之敌正步步进逼，我们在岸上徘徊是非常不利的，必须另行设法渡江。但我们在盘江桥上游侦察了几处，都因江水深急，不能徒涉，没有渡船，又无法架桥，不能过去。

这天中午，我们来到江边的一个镇子上，部队休息搞饭吃，军团部的同志便分散到群众中去，调查过江的道路。根据过去多次的经验，在部队遇到困难的时候，只要深入群众，找群众商量，是能找出办法来的。

当地群众深受军阀土劣的压榨剥削，生活极端贫苦。我军到来，纪律严明，态度和蔼，并开展打土豪、分财物等活动，再加上广泛的宣传，群众很快了解了红军。当他们听说我军正探寻渡江通路，都愿意帮我们想办法，纷纷把他们知道的渡口和桥梁的位置告诉我们。但遗憾的是，这些通道全部掌握在敌人手中，都是难以通过的。

正在为难时，一位名叫王三爷的老人找到军团部来了，他说他知道一条秘密的道路，可以带我们过江。

原来，这位老人几辈子受苦受穷，到他这一代，不得已铤而走险，干了私贩鸦片的生意。为了躲避军阀苛捐重税，他走遍了北盘江岸，找出了一条过江的秘密通道。这地方没有桥，也没有船只，只是一段狭窄的江面，从江岸到江心巍立着许多大石头，形成了天然的桥墩。他准备了一些木板，搭在石头上，便可以安然地跨过去。因为此处偏僻，没有地名，这位老人给它起了个有趣的名字，叫"虎跳石"。

事不宜迟，我们当即整队出发。由这位老人带路，部队翻山越岭，钻进了荒无人烟的森林。尖兵部队抢起柴刀、板斧，一路披荆斩棘，从丛林草莽中开路前进。傍晚时分，我们赶到了"虎跳石"。前卫部队按照老人的指教，把准备好的木料搭放到乱石上，一条横跨两岸的桥梁架成。我们红九军团从容地跨过了北盘江。

胜利跨越北盘江之后，我军便摆脱了贵州军阀王家烈、犹国才和中央军部队的追击，进入云南境内。这时军委和主力正向金沙江前进，滇军主力被吸引过去，而尾追我军团的吴、周纵队又没有跟上，滇东一带比较空虚，为了迷惑敌人，使驻守昆明的敌军不敢倾巢出犯，追我主力，我军团决定在宣威一带展开活动。

4月下旬，我军毫不费力，先后进占宣威、东川（会泽）两座县城，并在这里休息了三天。在休整期间我们开仓散谷，将官僚经营的火腿公司的财物也没收分配，扩大了政治影响，获得了大量物资供应。在这里，大批贫苦农民踊跃参军，部队得到很大的发展，仅东川一地，一天半的时间即扩大了新战士1300名。

打开这两城，敌人大为震惊，慌忙调兵赶来。考虑到牵制任务已完成，东川距离金沙江又比较近（只有八九十里），军团决定趁机渡过江去，与主力会合。

天险金沙江，是军团长征途中的又一道险阻。攻下东川第二天傍晚，军团即派九团1个营和侦察连携电台一部，先去侦察渡河点，并搜寻船只。

预定渡口选在东川西北、蒙姑以南的因民、落雪坝之间，上游20余里的对岸是盐井坪，有一税卡，估计船只较多。先头部队连夜赶行，第二天12点才赶到江边。谁知来到江边一看，岸上空空荡荡的，找了好几个钟头，才找到三只破木船。船虽然破了，但船底船帮还算完整。我们当即着手进行修理，又挑选好了能撑船的人。

渡江也是很不容易的，船不好，水流急，撑船的技术又不熟练，直到天黑才将侦察连渡过去。对岸渡口本来有一部分缉私队防守，见我军渡江，早已吓慌了。侦察连稍稍打了一下，他们根本就不堪一击，当即慌乱地向附近山上逃去。我们顾不上去理他们，迅速向盐井坪前进，当到达盐井坪时，税卡的敌人也已闻讯跑掉了。

当先头部队渡江时，敌人发现了我军渡江意图，正由东面紧紧追来。我后卫部队已与敌军先头部队接触，红九军团大有背水迎战的危险。正在着急时，搞到了几万块钱和几仓库盐巴，船只一时没有找到；但经发动群众、开仓分盐以后，群众情绪十分热烈，把沉入水中的船打捞起来，一共筹得大小木船45只，水手们也自动报名，愿意送红军渡江去。

第二天，全军顺利地渡过了金沙江，敌军又一次被我军甩在后面了。

我军团渡江后又接军委指示，在江边向巧家一带警戒，掩护军委及主力安全渡过金沙江和继续北上。在一次遭遇战中，我军顺利地歼灭了滇军的 1 个多营，完成了掩护任务。此后即折转西北，向西昌方向前进。5 月中旬的一天，部队正在大凉山地区行动，接到红三军团自礼州转来的电报，要红九军团接替红三军团防务，担任全军的后卫。根据执行后卫掩护任务要求，我军团行至预定地点接替红三军团防务，担任全军后卫。行至泸沽附近时，击溃追来的川军 3 个团。

在这长途转战中，由于军团党委的正确领导，全体指战员的英勇顽强和广大人民群众的热情支持，红九军团胜利地完成了掩护军委和主力行动的光荣任务。至此，重新与主力会合，归还了建制，全军以兴奋鼓舞的心情，在中央军委的指挥下，向大渡河开始了新的进军。

长征中的军委工兵营

李锡周

我 1930 年参加地方苏维埃工作，1933 年参加红军后调入红一方面军第三军团，1934 年我在补充师第十团一营当连政治指导员。农历六月间红军特科学校调来连长韩连生等 19 个工兵同志，在补充师第十团一营基础上组成了工兵营，辖 3 个连，一连为土工作业连，二连为架桥连（我任政治指导员），三连是爆破连，由韩连生任营长、刘启祥任政治教导员，工兵营由军委直接领导。

工兵营组建后即进行专业训练，土工作业主要是挖战壕，构筑工事；爆破科目主要是制造土炸药，炸碉堡；架桥科目因缺器材，只学了一些有关渡河方面的理论知识，没搞架桥实际作业。此外，还进行了构筑急造军路与破坏道路的训练。

中央红军第五次反"围剿"失败后，中共中央、中革军委即率中央红军主力开始了长征。工兵营随军委机关于

1934 年 10 月 14 日从瑞金出发，在红军总参谋长刘伯承同志的直接指挥下，踏上了万里征途。10 月 16 日到达于都，工兵营在这里补发了许多炸药、雷管及架桥器材，分摊到每个人。经过连续一个多月的日夜行军，突破国民党 20 万重兵设置的三条封锁线，进抵道县。道县位于南岭山区湘桂接壤处，是红军前进道路上的咽喉要地，占领道县必先过潇水。为保障中央纵队安全通过，军委命令工兵营随担任前卫的红四团在潇水上架设浮桥。我营经过 50 多公里的急行军，赶到道县城以东的潇水河边时见河上已有了一座浮桥，说是先头部队利用就便器材架起来的。这时，刘伯承总参谋长指示我们负责守护浮桥，并在部队过完后将其炸毁，以阻滞敌人追击。我们完成守桥和炸桥任务后，经几天行军到达了广西灌阳、全州地区，突然接到指示："大批敌军尾随而来，你营立即配合阻击部队破坏敌人前进的道路、桥梁，想方设法迟滞追敌。"于是，我们全营行动起来，采取一切可行的手段，对沿途大小桥梁和大的隘口、涵洞及窄险路段进行爆破，给尾随之敌造成了很大困难。继而，我军在湘江以东与敌展开了殊死激战，中央纵队和我军大部在广西界首经先头工兵架的浮桥过了湘江。

中央红军经过几十天的艰难跋涉，与前堵后追的敌人殊死拼杀，连续突破了敌人的四道封锁线，到达了湘西南，攻克通道进入贵州，又连克数城直抵乌江。12 月 30 日，我们营刚到达黄平县城，就接到紧急赶往乌江架设浮桥的命令。

我们连夜出发，急行军于 1935 年元旦拂晓赶到指定架桥地点乌江江界河渡口。我们营刚到江边不远的地方，只见刘伯承总参谋长和红二师陈光师长已先期到达，两位首长把工兵营领导找去布置任务，韩营长也把我叫去了。刘伯承总参谋长指着乌江说："部队进军遵义必须从这里通过，浮桥由工兵营负责。"他又转过脸对陈光师长说："你们派人强渡过去，打掉对岸的守敌，另外再抽调些人帮工兵营搜集木头和竹子。"营长马上召集各连干部布置任务：第一、三连负责砍竹子，扎竹排，找木板；第二连负责加工竹篾缆绳，并下水架设浮桥。此时，先期到达江界河渡口的红二师工兵连在陈光师长指挥下，积极筹备架桥物资，给了我们很大支援。

经勘察，架桥点河宽不到 300 米，水流湍急，我岸地势较平坦，离江不远处有一片竹林可供利用；对岸地势陡峭，不远处就有敌人的江防设施，敌人一旦发现我们在这里架设浮桥，一定会以猛烈的火力进行封锁。我们架桥的工具只有斧子、柴刀、锯子、大锤、钢钎和绳子，要架设一座几百米长的徒步浮桥，难度是非常大的。这时，天气由雨转雪，北风呼啸，韩营长和我（已调任营的党分总支书记）到二连帮助和指导工作，连长何德芹正带领十几名战士下到寒冷刺骨的江水中打桩、拴竹排，同志们虽然冻得全身打战、皮肤发青，但仍斗志昂扬。

敌人发现了我们的架桥行动，用步、机枪朝我们猛烈开火，迫击炮弹带着尖锐的呼啸声从我们头上飞过，指战员们在枪林弹雨中来往穿梭，置生死于度外。正当我们用缆绳固定竹排的时候，一发炮弹落在附近，掀起一丈多高的水柱，刚扎好的一个竹排被炸坏了。有的战士受伤了，有的牺牲了，我的头部也被弹片擦了道口子，我们只把伤口简单地包扎了一下，又继续打桩拴绳、拖竹排下水。敌人的火力越来越猛，架桥受阻，我们正在调整力量时，接到上级通知"暂停架设，待打掉对岸敌人的江防火力点后再行架设"。原来我们这边吸引住了敌人的大部火力，另一支部队正在我们上游强渡。第二天主攻部队强渡成功，摧毁了敌人的江防阵地，控制了对岸。我们加快了架桥速度，第二连组织了几名会游泳的同志泅渡过江，在对岸打下木桩，把事先准备好的粗棕绳和布条拧成的缆绳横拉在江上，随后把竹排拴到缆绳上，并利用一个个装满石头的竹篓沉到江底进行锚定；在水浅的地方，则采取在竹排上游打桩的办法，固定竹排，减轻横江缆绳的负荷。竹排有的是两层，有的是三层，竹排上设置横木，横木上边铺设桥板，竹排、横木和桥板用竹篾捆紧。经过 20 多个小时的拼命奋战，一座竹木结构的浮桥，终于横架在了波涛汹涌的乌江之上。

乌江浮桥刚刚架通，大部队就开过来了。从这座浮桥上通过的有中共中央、中革军委机关和直属队、红二师、红五军团等，看着浩浩荡荡的队伍从我们架设的浮桥上安全地向北走去，全营同志都感到十分自豪。部队过完之后，我们又冒着大雨拆除了浮桥，满怀悲痛地掩埋了牺牲的战友，然后立即朝遵义方向进发。

部队在遵义和扎西先后进行了整编，军委工兵营在突破乌江前已减员近半，突破乌江时又有较大伤亡，加上抽调了一部分同志去充实红一、红三军团的工兵连，这时只剩下160来人了，军委决定将工兵营缩编为军委工兵连，原营长韩连生改任连长，教导员刘启祥改任指导员，我改任支部书记。我们编制缩小了，但担负的工程保障任务并没有减少。部队从遵义出发，在土城与尾追的敌人交火，后因敌情变化，改渡赤水西进。总部派通信员传来口头通知，要我们做好架桥准备，并要韩连长马上到总部开会。军委副主席周恩来召集我们和附近的红一、三军团以及干部团工兵连的负责同志，布置架桥任务，并亲自带领他们在土城镇沿赤水河东岸仔细地勘察地形和道路，选择了土城北面约500米的河段为架桥点。我们分头在土城街上收集了很多木板等架桥器材，兄弟工兵连队也在其他河段和一些村庄找了不少器材，还有几条船。傍晚我们与兄弟工兵连一起开始架桥，经数小时奋战，在赤水河上架起了一座长约百米、宽可并行三路纵队的浮桥，及时地保证了部队顺利通过赤水河。在四渡赤水战役中，我们与各军团工兵连几度架设、守卫、维护、拆除浮桥和漕渡部队，圆满完成任务，为保障红军转战于川、黔、滇边地区做出了贡献。

以干部团为主力的先遣队，在刘伯承直接指挥下，于5月3日晚上抵达金沙江边的皎平渡，当晚先遣队偷渡成功，抢占了北岸制高点，消灭了敌人的保安队，缴获了两条船。5月4日早晨，军委工兵连赶到皎平渡渡口，奉命准备在皎平渡架设浮桥。但这里江面宽阔，水流太急，难以架起浮桥，而且竹子、木头等架桥材料都不易找到。幸亏我们找到了两条渡船，干部团前卫连强渡过江后又从对岸找回来两条渡船，有了六条渡船就不愁过江了。当刘伯承总参谋长发现皎平渡口因水流湍急无法架桥时，就指示我们工兵连要准备大量柴草供夜间漕渡照明，要动员和雇请几个掌舵船工和一些摇橹船工，并准备好工具、材料，做好修补船只准备工作。

红一、三军团在龙街渡和洪门渡都没有找到船，军委临时决定红一、三军团都集中到皎平渡过江。在刘伯承总参谋长组织下，成立了渡江指挥部，但一个渡口六条船，要渡过几万人马，我们肩上的压力骤然增大了。国民党军根本没想到红军会如此迅速地到达金沙江边，事先并没有派重兵把守，尾追的敌人也尚未赶到，于是我们抓住战机日夜漕渡，六条船昼夜不停往返穿梭于金沙江上。5月5日傍晚，毛主席、周副主席、刘总参谋长以及军委其他领导同志登船过江。

过了金沙江，我们于5月12日赶到会理与总部会合。这时，军委组成了以刘伯承为司令员、聂荣臻为政委、红一团为主力并配属红一军团炮兵连和军委工兵连的先遣支队，担负着抢占大渡河南岸安顺场渡口的任务。工兵连于5月25

日拂晓前，携带部分架桥器材赶到安顺场，只见大渡河两岸是十多丈高的山崖，飞泻而下的河水撞在礁石上，溅起一丈多高的浪花。韩连长带领大家找到一处水流稍缓的地段试着打桩准备架桥，可是木桩插到水中扶都扶不住，稍一松手就被冲走了。正在我们焦急万分之时，忽听"轰"的一声，我们的炮兵开炮了，在炮火和机枪掩护下，一只小船载着17名勇士，像离弦的利箭，冲破惊涛骇浪直插对岸，不一会儿就占领了敌人的河防阵地和北岸渡口。通信员急匆匆跑来找韩连长："刘总参谋长有急事，要你马上去!"韩连长跑步去见刘总参谋长，刘总参谋长告诉他，红一团从俘虏口供里了解到，对岸敌人为了阻止红军过江，在附近的河里沉了两条船，叫工兵立即把船找到。韩连长带着十几名战士过江，根据俘虏提供的线索，很快找到了沉船，把船划过江来加入了渡江行列。

虽然有四条渡船漕渡，但因水流太急，船只来往一趟要被水冲下去两三里地才能靠岸，所以渡送速度还是非常慢。正在这时，中革军委接到情报，敌人的追兵分两路沿大渡河溯江而上，前锋快接近安顺场了，工兵连便加紧操舟渡送部队。这时军委果断决定：红一师和军委干部团在安顺场继续渡河，过河后沿大渡河左岸北上，主力以红四团为前锋沿大渡河右岸北上，两路大军夹河而上，以最快的速度赶到并夺取泸定桥。

由安顺场到泸定桥有160公里，两路红军冒雨火速前进，途中几次与敌人遭遇激战。红四团先期到达泸定桥西端桥头，并于当日下午立即向桥东头之敌发起攻击。敌人把泸定桥上的桥板抽掉了，红军勇士们攀着铁索过桥，桥头守敌各种火器一齐向我勇士们猛烈射击，并在桥头烧起熊熊大火构成火障。突击队的勇士们冒着弹雨攀着铁索冲过火障，夺占了桥头阵地，冲进了城内。后续部队从刚铺好的桥面上紧跟入城，歼灭守敌一部，攻占泸定城。工兵连于当晚8点左右到达泸定桥时，红军正源源不断地通过铁索桥，刘总参谋长指示我们连守好桥，扎牢桥板，用土石加固两端桥头。我们挑了两天的土石，把桥头加固得稳稳当当。一天下午，朱德总司令和毛主席等中央首长先后过桥，毛主席边走边问刘总参谋长："怎么这么多泥土石头？""这是为了防止敌机轰炸，工兵挑泥土石头加固了桥础。"毛主席赞许地点头说："你想得很周到。"工兵连一直守卫在这里，直到部队过完。

红军进入草地后，红一方面军主力和党中央、中革军委直属部队改编为中国工农红军陕甘支队，我们连又缩编为排，归军委警卫营第一连建制。1935年10月，我们跟随党中央和中革军委到达陕北吴起镇，胜利完成了二万五千里长征。

路，向明天延伸[*]

耿　飚

当红一方面军到达甘南并得到了陕北红军和根据地的消息后，红军指战员都明确地感觉到：长征就要结束了。

毛泽东、周恩来等同志开始与红一大队一起走前卫，向六盘山方向进发。我仍然负责带一支侦察队做尖兵，为主力开路。

在青石嘴，我们侦察到一个毛炳文部骑兵团。这个骑兵团大概赶了好远的路，在村子里宿营；敌人一点戒备都没有，马匹都松了肚带，卸下鞍具，有的在打滚，有的在遛腿。我们一个冲锋进去，敌人顿时蒙了，少数反应快的骑上骄马逃窜，大部分连人带马当了俘虏。我们用缴获的马匹和装备，成立了第一个骑兵连。

毛主席对我说："你们总结一下打骑兵的经验。今后要

＊　本文选自《耿飚回忆录》，解放军出版社 1991 年版，收录时做了适当修改。

注意这些'六条腿'（指敌骑兵）了。听说陕北有'四马'（措马鸿逵、马鸿宾、马步芳、马步青四人）哩。"

我说："在草地上我们遇到过藏民上层势力的骑兵。乍一看，他们倏忽而来，倏忽而去，速度非常之快。但只要两三个人背靠背围成一圈，专门射击他的坐骑，他就难于施展其伎俩了。我们只要把马打趴下了，骑兵多半摔个半死。"

毛泽东同志听得很有兴趣，笑着说："射人先射马嘛。什么东西都有个规律，有一长必有一短。你们可以编一个'打骑兵'的歌子，让大家学。"

打了几次骑兵，积累了一些经验，我们开始主动出击。那时宁夏马鸿逵、马鸿宾的骑兵纠缠我们一个多月了；当地老乡都称他们为"马大胡子"，据说彪悍得很。毛泽东同志说，不能把这条"尾巴"带进陕北根据地。一、二纵队便集中兵力，在杨城子以西地区把尾追的 3 个骑兵团彻底击溃，连他们的马术教官也俘虏了。

1935 年 10 月 19 日，红一方面军长征到达吴起镇。当挂在一个窑洞门口的那块"苏维埃"的牌子映入眼帘的时候，队列里不约而同地欢呼起来："啊！到家了，到家了！……"

陕北老乡围上来，尽管我们还听不懂那些"打哪哒来呀？""做甚去呀？"的方言，不熟悉那些"山羊绵羊白花花，哥哥来到妹妹家"的民歌，但是一声声"同志"，叫得人人热泪盈眶，一碗碗枣花茶，喝得大家眉开眼笑。

久违了，我们的革命根据地。

我们怀着好奇的心情住进了老乡的窑洞里，感到是那么温暖和舒适。房东大娘"娃呀、娃呀"地呼唤着，慈祥地看看这个、问问那个，真如慈母一般。

我是穿着一双胶鞋走到陕北的。二万五千里山山水水，三百六十七天炮火硝烟，那鞋已经烂得不成样子了。时值深秋，胶鞋穿上去又硬又凉。房东大娘不知怎么量去了鞋样，第三天早晨，一双千层底、青布帮、底子上纳着红五星的"踢死牛"的老山鞋就摆在了我的炕前。

我感激不尽，便走到房东住的窑洞里去道谢。只见那位大娘正组织了五六个妇女，围在一起赶做军鞋哩。老大娘边赶做边鼓动："加油哇！娃们还要赶路哪！"

是啊，万里长征走完了，但革命的路还长着哩。中央红军到达陕北，宣告了国民党反动派消灭红军计划的破产，预示着革命新高潮的到来。党中央正在部署新的战斗任务，让会师后的各路红军，打一场"开门红"的歼灭战。

毛泽东同志亲自组织我们去看地形。我们中央红军和陕北红军十五团的团以上指挥员先在张村驿会合，然后骑马到一座山上去观察战场。山脚下有一个百十户人家的小镇，我们展开地图，知道这个三面环山、一面临水的小镇就是直罗镇。

根据毛主席的部署，左权同志带着我们这些参谋长们转了一个山头又一个山头，大家现地标图，明确了战斗任务。

部队里那些老兵，一看我们的行动，知道有大仗打了，真是摩拳擦掌，枕戈待旦。待机地域的各部驻地，不时飞出一阵阵《会师歌》：南北红军大会合，同心协力来救国。一个英勇善战不怕困难多，一个万里长征打遍全中国……

直罗镇战役全歼敌一〇九师，师长牛元峰及以下官兵5300多名被俘，缴获各种枪支、小炮、电台4000余件，子弹22万多发，大批被服落到我们手中。毛泽东同志在红一方面军干部大会上对这次战斗做了很高的评价，他说："长征一完结，新的局面就开始。直罗镇一仗，中央红军同西北红军兄弟般的团结，粉碎了卖国贼蒋介石向着陕甘边区的围剿，给党中央把全国革命大本营放在西北的任务，举行了一个奠基礼。"

直罗镇战役后，我们奉命围攻甘泉。我与杨得志同志组织部队向甘泉进发，部队由于新胜，士气很高，行军十分活跃。当时我与杨得志同志都换了新的坐骑，陈赓同志便鼓动我们赛马。那时我们正当二十多岁，对这类活动很有兴趣，于是拍马奔驰，杨得志同志渐渐冲到了前头，引得部队阵阵喝彩。哪知正在兴头上，马前的草丛里突然窜出一只野兔，马受惊急停躲避，将杨得志同志抛下马来，他当时竟昏了过去。我急出了一身汗，赶紧给他做人工呼吸，警卫人员赶上来，将他抬到马上，走出20多里路，他才缓过劲来。

甘泉县城是一个傍山大镇，城墙虽是用黄土夯成的，但十分结实，有一半在山上，有一半在河边，确实易守难攻。我们周密侦察后，决定从靠山的那面爆破，炸开缺口冲进去。担任爆破的仍然是长征路上担任架桥任务的王耀南同志。

王耀南同志报给我一个爆破方案，计划用挖地道的办法，向城墙底部打一条隧道，到达城墙后，开出药室，然后装上炸药引爆。这个办法在没有石头的黄土高原上，无疑是个减少伤亡、隐蔽接敌的好方案，但计算隧道长度，在当时却是一大难题，工兵营找了一些小"诸葛亮"，反复核实，最后报给我一张图纸，我问是否准确，他们说，不但计算无误，还利用夜暗实地丈量了长度，万无一失。

于是工兵开始作业，我便亲率突击队准备攻城。几天后，隧道挖成，借了老乡一口棺材，装满炸药放在隧道尽头的药室里，突击队同时运动至出击地域，只等一声巨响，突袭入城。

那天是个伸手不见五指的月黑风高之夜。我伏在突击队的前沿，等各路人马报告就位后，用电话向王耀南下令："起爆！"

1000 斤 TNT 炸药的威力，真有山崩地裂之势，爆烟窜起几十米，把守敌的城墙严严实实地捂了起来。不等土块、断枝落完，我们率突击队向炸点扑去，哪知到达预定的突破口时，我们才大吃一惊——城墙根本未被炸开，倒是在高城墙几米远的山坡上，掀开一个大洞。原来，问题出在我最担心的计算上：山坡是斜的，隧道是直的，按数学上的三角原理，正是一个标准的"勾、股、弦"，而搞计算的同志仅仅按水平距离算出了隧道长度，没有把三角关系考虑在内，因此，炸点与坡墙误差甚远。

爆破失败，但我们突击队已兵临城下，因此，我们下令在城墙上挖洞，重新组织直接爆破。守敌开始被巨大的爆炸声吓蒙了，这下才缓过劲来，紧急组织增援。我们所处的位置是城上守敌的射击死角，于是他们便丢手榴弹。由于距离太近，从城墙上扔下的手榴弹直接落在我们身上，我们便抓住弹体"回敬"回去；尽管如此，还是有几枚在附近炸开了，我只觉耳边"嗡"一声，一块弹片在耳朵下边的脖子上划了一道大口子，鲜血滋出老高。

这样，临时爆破无法实施，加上我已负伤，突击队的营长便组织掩护撤退，后续部队见我们没有得手，亦停止了攻击。

脖子上的伤口不能像四肢上的伤口那样捆扎止血，幸亏我有随身携带的云南白药，还是在长征路上一位好心的老倌送的，便敷上一些，果然十分灵验。

陈赓、罗瑞卿、杨得志等同志纷纷来看我的伤势，他们都十分着急。陈赓同志说："哎呀，我们离军团部这么远，姜齐贤同志又没随一纵行动，这可怎么办哪？"我说："不必大惊小怪，离掉脑袋还远着哪，我还可以骑马呢！"

正说着，彭德怀同志闻讯赶来，一看伤的位置，大叫

"不好，只用点白药凑合可不行。"他立即叫警卫参谋要通红十五军团徐海东同志的电话，请徐海东同志让戴部长火速赶来。

当时，徐海东同志病得很厉害，中央领导同志把红军最好的医生，即卫生部长"戴胡子"派给他了。徐海东同志一听我负了伤，立即把自己的骡子给戴胡子骑，让他星夜奔驰 200 多里，赶到甘泉前线。

戴胡子一见面就责备我："耿飚你不要命了？伤到这程度还骑马到处跑！"

我说："戴胡子你别大惊小怪。我的伤我知道，不过削了块肉去，没伤着骨头。"

他说："伤了骨头你早完了。你知道这是什么部位？这是'危险三角区'，紧挨着大动脉，周围全是淋巴腺，你住院吧。"

打下敌第一〇九师，卫生部也缴获颇丰。戴部长大大方方地用生理盐水为我清创，还打了消炎针，绷带也是崭新的，再不是江西苏区时那副"小家子"气了。

我说："你老兄怎么阔绰起来了？"

他扑哧一笑："我的参谋长，不瞒你说，给你用的全是兽医药品，一〇九师的兽医营被我们抄了。"

我半开玩笑地说："你可别把我治死了。"

他说："放心。起码比在江西时用茶叶水洗伤口保险得多。"

红军医院住在甘泉附近。戴胡子每天清早都到结了冰的洛河边去冲澡。当时寒风凛冽，一般人穿棉衣都觉得冷，而他却脱得赤条条的，把冰水一盆盆地往身上浇。这种冬浴是他长期养成的习惯。冲完澡他的身上皮肤潮红，热气腾腾。我也想学习这种锻炼身体的办法。戴部长说："那可不行，得从小坚持。你想健身可以练练武术嘛。"

戴部长让我注意伤口，不要多动，以免扯破动脉或者引起感染。但是我闲不住，还是经常到甘泉前线去看看。

彭老总为了让我安心养伤，把他的一个警卫员派到我处，连同我原来的警卫员和公务员，共三人"看"着我，并嘱咐他们："看好你们的参谋长，别让他乱跑。"我没有办法，只好老老实实养伤，乘此机会，我让通信员把我的文件包拿来，以便整理一下文件和笔记、杂物。

长征中我有一架照相机，拍了不少照片。有战场风光的，也有俘虏群或战利品的，大多数是为同志们拍的生活照。我还坚持了天天记日记，翻着那本厚厚的日记，一路上的山山水水又浮现在眼前。

日记上记载着我们先后攻占的几十个城镇，跨过的十多个省区，建立的数百个苏维埃政府，上千名支援过红军的各族人民。一年中，打仗的时间仅有月余，休整的时间六七十天，其余的260多天，我们一直是行军，这真是一次名副其实的二万五千里远征啊！

长征使我这个不会游水的"旱鸭子"，不得不在枪林弹雨中渡过一条条湍急的河流。有于都河、信丰河、潇水河、湘江、清水江、乌江、赤水河、北盘江、金沙江、大渡河、白龙江、渭河、洛河，以及它们数不清的支流。为了夺取那些险要的关隘，我们还翻过了五岭山、苗山、雷公山、娄山、云雾山、大凉山、六盘山……这些山中大大小小的山峰上，都留下了红军的一串串足迹……

使我久久注视的还有那些在长征中拍下的照片，许多战友已经长眠了。这是毛振华烈士，强渡乌江的英雄。这是黄甦同志，他是省港罢工的纠察队队长，广州起义的敢死队队长。直罗镇战斗之前，他接到了到新单位去任政委的通知，由于杨成武同志住院，他坚决要求打完再走，谁知竟不幸中弹，把鲜血浇在了奠基礼的土地上。永远留在直罗镇的还有原红四团参谋长李英华，他是被敌机打中牺牲的。这个总是以马为背景的是我的马夫老谢，在走出草地后的白龙江栈道上，为了哄马过山，失足掉进了深渊。只留下一张照片的是我的叔叔——我从家乡带出来当红军的耿道丰同志，他打的草鞋是全团闻名的，总是比别人打的多两道袢子，又结实又跟脚，有多少同志从他那里领到过草鞋哟，他病倒在乌蒙山那雾蒙蒙的深林里，与大山化为一体了。

1936 年，我在"红大"学习，莫文骅同志曾对我说，让我们写一本长征二万五千里的书吧！我说，应该写，我有日记和照片为素材。他对这些宝贵的资料赞叹不已。由于斯诺正在延安访问，陆定一同志把这些照片和资料借去供他参考，可惜辗转丢失了。只有那架老式照相机，无声地向人们诉说着它曾见到的一切。

明天，将有新的征途在等待着我们。

胜利结束长征[*]

聂荣臻

1935 年 9 月，先遣队到俄界。12 日中央政治局召开了紧急扩大会议，通过了《关于张国焘同志的错误的决定》，讨论了北上的任务和到达甘南后的方针，并确定将红军整编为陕甘支队。

然后部队冒着雨雪交加的严寒，沿着白龙江源头的栈道，进入甘南境内。打天险腊子口是进入甘南的关键性一仗。腊子口是通往岷县的奇峻隘口。9 月 16 日，红四团在前进路上击溃了敌鲁大昌堵截红军的一个团，抵近腊子口。

腊子口真是天险，口子很窄，只有 30 来米宽，仿佛这原本是一座大山，被巨斧劈开了似的，两边是悬崖峭壁，中间是奔腾咆哮的腊子河，河上木桥的桥头筑有碉堡。敌人在这里部署了两个营的兵力。山坡上还有不少碉堡。山口往

---

* 本文节选自《红一方面军的长征》，收录时做了适当修改。

里，直到岷县，纵深配置有鲁大昌的 4 个团。红四团决定，一个连从正面攻取木桥，另两个连沿右岸峭壁迂回敌侧后奇袭，达到全歼守敌占领隘口的目的。我们批准了这一作战方案。入夜负责攻桥的连队连续猛攻，负责迂回的连队在腊子口下游不远处，用马匹渡过河，然后一位会攀藤附葛的苗族战士自告奋勇，率先登上峭壁，用裹腿带牵引别的战士上去，绕到敌人背后。许多战士勇敢跳下悬崖，像神兵天降似的奇袭了敌人。我军两面夹击，敌人狼狈逃窜，9 月 17 日占领了腊子口。并在当天穷追 90 里，占领了大草滩，缴粮数十万斤，盐 2000 斤。这对刚出草地的红军真是无价之宝。当地回、汉族群众对红军的热情欢迎，更使部队受到鼓舞。

我们在大草滩买了不少回民烙的大烧饼，因为饥饿，吃着真香，于是又叫老乡烙了一些。后面毛泽东等同志来了，吃了也赞不绝口。9 月 19 日，我和林彪随二师进驻哈达铺。在这里我们得到一张国民党的《山西日报》，得知阎锡山正在进攻陕北红军刘志丹部的消息。我叫骑兵通信员赶紧把报纸送给毛泽东同志。陕北红军还在坚持斗争，真是天大的喜讯！

9 月 22 日，毛泽东同志召集团以上干部在哈达铺一座关帝庙里开会，向他们做了政治报告，他说："我们要北上，张国焘要南下，张国焘说我们是机会主义，究竟哪个是机会主义？目前，日本帝国主义侵略中国，我们就是要北上抗日。首先要到陕北去，那里有刘志丹的红军。……我们现在改称陕甘支队，由彭德怀同志任司令员，我兼政委。"支队下编为 3 个纵队，林彪任支队副司令兼一纵队司令，聂荣臻任一纵队政委；二纵队司令员彭雪枫同志，政委李富春同志；三纵队司令员叶剑英同志，政委邓发同志。全支队共7000 多人。

会后，红军继续北上。在前进道路上，我们几次和敌人骑兵遭遇。骑兵倏忽来去，刀光闪闪，声势夺人。如何打骑兵，这是个新课题。林彪当时对此抓得很紧，部队都学会了打骑兵歌。越过六盘山，10 月 7 日，我们在青石咀突袭了东北军何柱国部的两个骑兵连，消灭了敌人，缴获了 100 多匹马，大家对如何打骑兵有信心了。

10 月 8 日，我们走到白羊城附近，驻庆阳邓宝珊的 2 个地方小团迎面而来。我军趁敌不备，组织了一次漂亮的伏击战，全歼了敌人。

10 月 19 日，我们进入了吴起镇。这时，宁夏马鸿逵、马鸿宾和毛炳文的骑兵紧追我们不放。毛泽东同志认为，让敌人骑兵一直跟进陕北，对我们很不利。他指示我们设法打它一下，要我到前面去看看情况。经侦察，我向毛泽东同志汇报，敌骑兵也就是几千人，建议打。毛泽东同志同意。10月 21 日，二纵队在左翼，一纵队在正面，向正在迂回吴起镇的敌 2000 多骑兵出击，敌人很快被打垮了。随后，我们又乘胜击溃了敌人 2 个骑兵团。此后一段时间，敌骑兵没敢再来侵犯。

我们初进吴起镇，见到在一间窑洞的门口挂着工农民主政府的牌子。我们到陕北根据地了！从此，中央红军正式结束了长征。10 月底，中央红军与徐海东、程子华同志领导的红二十五军，刘志丹同志领导的红二十六、红二十七军胜利会师了。

　　此后，中央红军与陕北红军配合，进行了直罗镇战役、东征和西征战役，打了许多胜仗。至 1936 年 10 月，红四方面军、红二方面军在历经艰辛后，先后到达甘肃会宁，与红一方面军会师。至此红军长征全部胜利结束。红军三大主力会师后打了山城堡战役，促进了"西安事变"的发生，为国共第二次合作，共同进行抗日战争奠定了基础。

回顾长征

刘伯承

从 1934 年 10 月到 1936 年 10 月的整整两年中，中国工农红军离开了原来的根据地，举行了震惊世界的二万五千里长征。长征中，红军斩关夺隘，抢险飞渡，杀退了千万追兵阻敌，翻越了高耸入云的雪山，跋涉了渺无人烟的草地，其神勇艰苦的精神，充分显示了共产主义运动无比顽强的生命力，表现了中国共产党领导的军队无坚不摧的战斗力量。

党中央六届四中全会以后，开始了土地革命时期以王明为代表的第三次"左"倾机会主义路线对党的统治。1931 年 11 月的中央根据地党代表大会和 1932 年 10 月的宁都会议，根据六届四中全会的错误纲领，诬蔑毛泽东同志的正确路线为"富农路线"，和"极严重的一贯的右倾机会主义错误"，并改变了中央根据地正确的党的领导和军事领导。到 1933 年年初，临时中央因为白区工作在错误路线的领导下遭受严重损失而迁入中央根据地，更使错误路线得以在中央根据地和邻近根据地进一步地贯彻执行。

"左"倾路线混淆了民主革命和社会主义革命两个历史阶段的任务和界限，主观地急于要越过民主革命；低估了农民反封建斗争在中国革命中的决定作用，主张整个地反对资产阶级以至上层小资产阶级。第三次"左"倾路线更把反资产阶级的反帝反封建并列，完全否认由日本侵略所引起的国内政治的重大变化，反而把同国民党反动统治有矛盾，而在当时积极活动起来的中间派别断定为所谓"最危险的敌人"。他们不了解半殖民地半封建的中国社会的特点，不了解中国资产阶级民主革命实质上是农民革命，不了解中国革命的不平衡性、曲折性和长期性，从而低估了军事斗争特别是农民游击战争和乡村根据地的重要性，错误地要求红军夺取中心城市。

但是，因为毛泽东同志的正确的战略方针在红军中有深刻影响，在临时中央的错误路线尚未完全贯彻到红军中以前，1933 年春的第四次反"围剿"战争仍然得到胜利。而在 1933 年 9 月开始的第五次反"围剿"战争中，极端错误的军事路线就取得了完全的统治。1934 年 1 月召开的六届五中全会，是第三次"左"倾路线发展的顶点。这时，他们错误地认为"中国革命危机已到了新的尖锐的阶段——直接革命形势在中国存在着"；认为第五次反"围剿"的斗争"即是争取中国革命完全胜利的斗争"。第三次"左"倾路线在军事上，也形成了完整的体系。在建军的问题上把红军的三项任务缩小成为单纯的打仗一项，要求不适当的正规化，把当时红军的正当的游击性和运动性当作所谓"游击主义"来反对；又发展了政治工作中的形式主义。在作战问题上，它否认了敌强我弱的前提；要求阵地战和单纯依靠主力军队的所谓"正规战"，要求战役的速决战和战役的持久战；要求"全线出击"和"两个拳头打人"；反对诱敌深入，把必要的转移当作所谓"退却逃跑主义"；要求固定的作战线和绝对的集中指挥等，总之是否定了游击战和带游击性的运动战，不了解正确的人民战争。

在第五次反"围剿"作战中，开始时实行了进攻中的冒险主义，洵口遭遇战偶然获胜，"左"倾机会主义者更以此为据，陈兵敌区，实行"御敌于国门之外"的错误方针。

这时，福建事变发生，敌人被迫调动兵力东下。如果我们善于联合这些主张反蒋抗日的力量，共同对付蒋介石反动派，这对支持国内日益增长的抗日民主要求会起到极大的作用，同时，军事上也完全可能趁此消灭一部分敌人，粉碎第五次"围剿"。可是，"左"倾路线却断言中间派别是所谓中国革命最危险的敌人，因而坐失良机。敌人摧毁了福建人民政府，得以从容掉转头来，重新压向根据地。

广昌一战，红军损失很大。从此，"左"倾路线又实行了防御中的保守主义，主张分兵把口，因而完全处于被动，东堵西击，穷于应付，以致兵日少而地日蹙。

最后，又拒绝了毛主席将红军主力转至外线，调动和歼灭敌人、用以保卫和扩大根据地的正确主张,实行了逃跑主义。1934 年 10 月,猝然决定离开中央根据地,事前未在广大干部和群众中做深入的思想动员,又未做从阵地战转为运动战、从依靠根据地转为脱离根据地、长途行军作战所必需的准备工作,即仓促转移。

长征开始,由于"左"倾路线在军事行动中的逃跑主义错误,使红军受到重大损失。当时中央红军第五军团,自离开中央根据地起,长期成为掩护全军的后卫,保护着骡马、辎重,沿粤桂湘边境向西转移,全军 8 万多人马在山中羊肠小道行进,拥挤不堪,常常是一夜只翻一个山坳,非常疲劳。而敌人走的是大道,速度很快,我们怎么也摆脱不掉追敌。

我军经过苦战,突破敌人三道封锁线后,蒋介石急调40 万大军,分成三路,前堵后追,企图消灭我军于湘江之侧。

面临敌人重兵,"左"倾路线的领导更是一筹莫展,只是命令部队硬攻硬打,企图夺路突围,把希望寄托在与红二军团、红六军团会合上。在广西全州以南湘江东岸激战达一星期,竟使用大军做甬道式的两侧掩护,虽然突破了敌人第四道封锁线,渡过湘江,却付出了惨重的代价,人员折损过半。

广大干部眼看反第五次"围剿"以来迭次失利,现在又几乎濒于绝境,与反第四次"围剿"以前的情况对比之下，逐渐觉悟到这是排斥了以毛泽东同志为代表的正确路线、贯彻执行了错误的路线所致，部队中明显地滋长了怀疑不满和积极要求改变领导的情绪。这种情绪，随着我军的失利日益显著，湘江战役达到了顶点。

这时，红二军团、红六军团为了策应中央红军，在川黔湘边界展开了强大攻势。蒋介石为了阻挡我军会师，忙调重兵堵截、追击。如果我们不放弃原来的企图，就必须与五六倍的敌人决战。但部队战斗力又空前减弱，要是仍旧采用正面直顶的笨战法，和优势的敌人打硬仗，显然就有覆灭的危险。

正是在这危急关头，毛主席挽救了红军。他力主放弃会合红二军团、红六军团的企图，改向敌人力量薄弱的贵州前进，争取主动，打几个胜仗，使部队得以稍事休整。他的主张得到大部分同志的赞同。于是，部队在 12 月占领湖南西南边境之通道城后，立即向贵州前进，一举攻克了黎平，当时，如果不是毛主席坚决主张改变方针，所剩 3 万多红军的前途只有毁灭。

中央政治局在黎平召开了会议，决定向敌人力量薄弱的贵州前进。部队在黎平整编后，立即出发。1935 年 1 月强渡乌江，打下了遵义城。这时期，行军作战虽然同样紧张，但由于毛主席的英明主张，作战一直顺利，部队情绪也逐渐振奋。

在遵义休息了 12 天。党中央就在这时候召开了扩大的中央政治局会议。

遵义会议集中全力纠正了当时具有决定意义的军事上和组织上的错误。"左"倾路线的领导者，企图用阵地战代替游击战和运动战，用所谓"正规"战争代替人民战争。这个错误的军事路线，就决定了第五次反"围剿"的失败，并招致了长征初期的严重损失。

这次会议，胜利地结束了"左"倾路线在党中央的统治，开始了以毛泽东同志为首的中央的新的领导，在最危急的关头挽救了党，挽救了红军。这是有极大的历史意义的转变，正是由于这一转变，我们党才能够胜利地结束长征，在长征的极端艰险的条件下，保存并锻炼了党和红军的基干，并且克服了张国焘的退却逃跑路线和分裂党的阴谋，胜利到达陕北，促成了抗日民族统一战线，推动了抗日高潮的到来。

遵义会议的精神传达到部队中，全军振奋，好像拨开重雾，看见了阳光，一切疑虑不满的情绪一扫而光。经过十多天的休整，部队体力稍见恢复，又进行了整编，立即移师北上。

这时候，红二军团、红六军团在湘鄂川黔地区颇有发展，但是因为敌人驻在芷汀一线，防备我返回湖南，因而无法取得联系。红四方面军在川陕也粉碎了四川军阀的六路围攻。当中央红军经桐梓、习水，渡赤水河北上时，立即引起敌人极大的恐慌。四川军阀急忙抽调兵力至川黔边境布防，派其模范师（郭勋祺师）四处巡弋，并封锁长江，防我北渡与红四方面军会合。当我军挺进至滇东北之威信时，敌周浑元、吴奇伟纵队已从湖南赶来。土城一仗，未能消灭郭师，敌又大军奔集。我乃放弃北渡长江的意图，突然甩开敌人，挥戈东指，再渡赤水河，重占桐梓、娄山关和遵义，消灭王家烈两个师。这时，敌周、吴纵队也已赶上，和我军展开激战。天下大雨，山路泞滑，我红三军团与干部团和敌人反复争夺老鸦山制高点。红一军团趁黑夜从西侧插入敌人大队中，号声四起，山鸣谷应，敌人腹背受敌，顿时大乱，仓皇南逃。我军边追边打，直到乌江边，歼灭敌一个多师。残敌渡江南窜，怕我追击，把乌江浮桥拆掉，来不及过江的敌人也悉数被歼。这一战役是长征以来第一个大胜仗。

遵义会议以后，我军一反以前的情况，好像忽然获得了新的生命，迂回曲折，穿插在敌人之间，以为我向东却又向西，以为我渡江北上却又远途回击，处处主动，生龙活虎，左右敌人。我军一动，敌又须重摆阵势，因而我军得以从容休息、发动群众、扩大红军。待敌部署就绪，我们却又打到别处去了，弄得敌人扑朔迷离，处处挨打，疲于奔命。这些情况和"左"倾路线统治时期相对照，全军指战员更深刻地认识到：毛主席的正确路线，和高度发展了的马克思主义的军事艺术，是使我军立于不败之地的唯一保证。

我军在遵义一带几次寻战，敌却小心防守。3月，我军便自遵义西进，占仁怀，由茅台三渡赤水河，再入川南。敌人料我将北渡长江，大为恐慌，连忙在川黔滇三省边界大修碉堡，企图封锁围歼我军。但我军却突然由川南折回贵州，在茅台附近四渡赤水河，除留一支小部队牵制敌人外，其余急行军通过枫香坝，南渡乌江，直逼贵阳，并且分兵一部东击瓮安、黄平。

这时候，蒋介石正亲自在贵阳督战。慌忙调云南军阀部队来"保驾"，又令薛岳和湖南部队东往余庆、石叶等地布防，防止我军东进与红二军团、红六军团会师。在部署这次行动时，毛主席就曾说："只要能将滇军调出来，就是胜利。"果然，敌人完全按照毛主席的指挥行动了。于是，我军以红一军团包围贵阳东南的龙里，虚张声势，迷惑敌人。其余主力穿过湘黔公路，直插云南，与驰援贵阳的滇军背道而行。这次，毛主席又成功地运用了声东击西的灵活战术，"示形"于贵阳之东，造成敌人的过失，我军得以争取时机突然西去。

一过公路，甩开了敌人，部队就像插上了翅膀，放开大步，一天就走 120 里。途中，连克定番（今惠水）、广顺、兴义等县城，并渡过了北盘江。4 月下旬，我分三路进军云南：一路就是留在乌江北牵制敌人的别动支队红九军团，他们打败了敌人五个团的围追，入滇时，占领宣威，后来经过会泽，渡金沙江；另两路是红军主力，攻克沾益、马龙、寻甸、嵩明等地，直逼昆明。这时，滇军主力全部东调，云南后方空虚，我军入滇。吓得龙云胆战心惊，忙将各地反动民团集中昆明守城，我军却虚晃一枪，即向西北方向金沙江边挺进。

金沙江穿行在川滇边界的深山峡谷间，江面宽阔，水流湍急，形势非常险要。如果我军不能北渡，则有被敌人压在深谷歼灭的危险。这时，蒋介石似乎已经发觉了我军的行踪，天天派飞机来侦察。我军三路连夜向金沙江平行疾进：红一军团抢龙街渡，红三军团抢洪门渡，干部团抢皎平渡，红五军团仍旧殿后掩护。

干部团偷渡金沙江袭击并消灭了川军一排守敌，迅即以一部控制了皎平渡两岸渡口，前后搜获 7 只小船。而团主力则由北岸的深谷，疾行至几十里外的高原，击溃了川军援兵。这时，洪门渡因江流太急，无法渡过；龙街渡又因江面太宽，敌机可以低飞骚扰不便过江，因此，红一军团、红三军团都集中到皎平渡渡江，而仍以红五军团的一个师担任掩护。

三天后，敌人的敢死队三十三师五六个团的兵力，向皎平渡追来，被我五军团打了个措手不及，沿河溃退下去。原来蒋介石也发觉了我军的战术方针有了新的变化，就在贵阳召开会议，研究我军近来的作战特点，规定了"长追稳打"的战术方针，以免被我军歼灭。现在敌十三师见脱离主力太远，被我一追，不知虚实，不敢轻举妄动，就在团街固守起来。我军就依靠皎平渡 7 只小船，经过九天九夜全部渡过江去。第二天，敌人的大队人马才赶到，而这时候，船只已经烧毁，红军早已远走高飞了。

从此，我军跳出了数十万敌人围追堵截的圈子，取得了战略转移中具有决定意义的胜利。在会理休息了五天，继续北上。经西昌、泸沽，进入彝族同胞聚居的地方，我们坚定地执行了毛主席规定的民族政策，与沽基家族首领结盟修好；并使老伍家族中立；对受蒋介石特务支持利用，不断袭击我们的罗洪家族，则反复说明我们是帮助少数民族求解放的。就这样依仗党的民族政策，顺利地通过了彝族地区，赶到大渡河南岸的安顺场渡口。

安顺场原名支大地，濒大渡河南岸，是太平天国石达开从此北渡未成而最后失败之处。这里是一个河谷地带，两侧是四五十里的高山，在这样的深沟中，部队无回旋余地，兵力亦无法展开，极易为敌人伏击消灭。因此，四川军阀曾扬言红军将蹈石达开覆辙。河南岸安顺场驻着四川军阀的 1 个营，仅留一只交通用的小船，其余船只都被他们拉到河北岸去了。我们在河南岸包围安顺场川军时，找到了那一只小船，便组织突击队渡河。十七勇士一过河去，就将敌人打垮，占领了渡口，接着，我第一师陆续渡过河去，扫清北岸沿河之敌，并在化林坪击溃了川军刘文辉的北岸预备队刘元瑭师。随即与南岸二师夹河而上，向泸定桥前进，第二师先到，敌人还没有来得及彻底破坏泸定桥，我军便攀缘铁索冲过大渡河与第一师会合。

1935 年 6 月，红军飞渡大渡河后，在汉源打了一仗。击溃四川军阀四个团，旋经天全、芦山、宝兴，翻越了长征途中第一座大雪山——夹金山，占领川西北之达维、懋功（今小金）等地，与红四方面军胜利会合。

中央红军长征期间，川陕根据地的红四方面军曾经取得粉碎敌人六路围攻的胜利。可是，这时张国焘却继续坚持右倾机会主义逃跑路线，放弃了川陕根据地，带着全部人马，向西退却逃跑；这支部队，在渡过嘉陵江、涪江、岷江后，到理番（今理县）、懋功一带，即与红一方面军会师。

对于张国焘的错误，毛主席始终采取党内斗争的正确方针。会师后，中央在两河口召开了政治局会议，决定继续北进。会后，毛主席率领部队于6月下旬启程，翻越梦笔山、长板山、打鼓山等大雪山，到达松潘附近的毛儿盖。可是，这时张国焘并没有放弃逃跑主义的错误路线。他在红一方面军、红四方面军会师之前，业已成立西北联邦政府。由此可见，他的目的是在西北，包括西康、青海、甘肃西北部以至新疆。此时他仍旧坚持预定计划，向西康、青海等少数民族地区退却，因而中央屡屡电催不应。

毛主席一面命令部队筹粮，准备过草地，一面耐心地等待，在毛儿盖停留了一个月。这时，日本帝国主义正加紧对我国的进攻，自九一八事变以来，由东三省而热河，由热河而华北各省，不到四年，差不多占领和侵袭了我国半壁河山！我党早在1933年1月，就曾发表宣言，表示愿意在三个条件下与全国各军队共同抗日，而国民党反动派却置民族存亡于不顾，一面降日卖国，一面却继续增兵"围剿"和追击红军，妄想将我全部消灭。其倒行逆施，令人发指。国内舆论，对我党坚持大义，深表同情，期望我党能负起抗日大任。我党早已发出停止内战，一致抗日的号召，得到全国各阶层人民的热烈拥护，打击了蒋介石坚持内战的反动政策。

接着，中央政治局又在毛儿盖召开会议，就一方面军、四方面军会合后的政治形势与任务做出决议。并决定兵分两路北上。右路军由毛主席率领，包括一方面军之一军团、三军团及四方面军之四军、三十军，左路军由朱总司令、张国焘率领，包括四方面军之九军、三十一军、三十三军及一方面军之五军团、九军团。

右路军穿过草地，向班佑、巴西、阿西一带前进，在包座河边的救济寺，消灭了胡宗南1个师。左路军由卓克基出发，经草地向阿坝、班佑一带前进。但到了阿坝后，张国焘进一步露出了他分裂党的野心，竟打电报给中央，要右路军全部南下。中央虽曾几次去电，指出只有北上才是出路，纠正其南下的错误，后来甚至严词责令北上，但张国焘却悍然不顾中央指示，仍坚持其错误路线。

这时，右路军虽只剩七八千人，可是中央北上的意志坚定不移。9月，部队向巴西出发，渡包座河，沿白龙江前进，过栈道，攻克天险腊子口，然后即越岷山，脱离了雪山草地地区，到达甘南之岷县、西固（今宕昌）间的哈达铺。

敌人急忙拼凑了二三十万人马，准备在渭水堵击。红军在哈达铺休息两天，便出动做向天水前进状，诱使敌人将主力集中天水。我们却以急行军自武山、漳县之间顺利渡过渭水封锁线，相继占直罗镇和通渭城。10月，经回民区连续突破会宁、静宁之间的封锁线及平凉、固原之间的封锁线，击败敌四个骑兵团的追击，翻越六盘山高峰，过环县，抵达陕北根据地之吴起镇，与陕北十五军团胜利会师。直罗镇一仗，粉碎了蒋介石向陕甘边区的第三次"围剿"，给党中央把全国革命大本营放在西北的任务，举行了一个奠基礼。

党中央到达陕北以后，在1935年12月召开了中央政治局会议（瓦窑堡会议）。会议批判了党内那种认为中国民族资产阶级不可能和中国工人农民联合抗日的错误观点，决定了建立抗日民族统一战线的策略，指出了中国革命的长期性，批判了党内在过去长时期内存在着的狭隘的关门主义和对于革命的急性病。这些错误，都是党和红军在土地革命战争时期遭受严重挫折的基本原因。遵义会议是在红军长征途中召集的，所以只对于当时最迫切的军事问题和组织问题做了决议。红军长征到达陕北之后，党中央、毛泽东同志才获得可能系统地阐明政治策略方面问题的机会。瓦窑堡会议是一次极其重要的会议。会后毛泽东同志又做了《论反对日本帝国主义的策略》的报告。这个报告，不但规定了当时党的政策，系统地提出了建立抗日民族统一战线的问题，而且总结了大革命时期和土地革命战争时期的根本经验，规定了党在民主革命时期的根本路线。

张国焘公开和中央分裂后，擅自率领左路军及右路军中原属红四方面军的两个军，再过草地、翻雪山，经毛儿盖、懋功、宝兴等地，向川康边境的天全、芦山一带退却。在卓木碉他终于奸心毕露，公然进行叛党活动，宣布成立伪中央，自己担任主席。朱总司令在这样的境遇下，坚持了毛主席党内斗争的正确方针，表现了坚定的政治原则性，张国焘要他发表宣言反对中央，他不但严词拒绝，而且耐心地向干部宣传中央的正确主张。

红四方面军在天全、芦山一带停留了三个月，这时，敌中央军周浑元部队入川，与刘湘配合，向我们攻击。两军对峙，仗越打越大。部队消耗很大，张国焘却举棋不定，直到部队防地被突破，才被迫撤向道孚、炉霍、瞻化（今新龙）、甘孜和大金寺一带，仍旧企图向青海西宁方向逃跑。

这时，红二方面军由湘鄂川黔边界根据地出发，经贵州、云南，长途转战，历尽艰辛，也来到甘孜。由于朱德、任弼时、贺龙、关向应等同志坚决维护中央正确路线，加上红四方面军广大干部也逐渐认识到南下是错误的道路，纷纷要求北上抗日，因而叛徒张国焘的分裂阴谋就完全失败了。这时，他被迫取消了伪中央，并率领队伍北上。

部队由甘孜出发，经东谷、阿坝、包座，再次过雪山草地，8 月到达甘南，占哈达铺、大草滩、临潭。这时，中央已经派聂荣臻、左权同志带领部队西征，迎接二方面军、四方面军北上，并准备组织静（宁）会（宁）战役。二方面军、四方面军乃兵分两路，四方面军为左路，二方面军为右路。右路军经西和、武山之间东去，连克成县、徽县、康县、两当，并围攻凤县，拖住胡宗南的尾巴。聂、左部队已将毛炳文、许克祥包围起来，通知张国焘前来协同聚歼。谁知张国焘竟继续他逃跑主义的错误，以组织岷洮西战役为名，擅自带领左路军仍旧向西撤走，准备去青海西宁。后因部队不满，而且渡河困难，张国焘只好将部队又拉回来。

张国焘野心不死，竟又借口执行宁夏战役计划，擅自命令红四方面军西渡黄河。结果过去了一部分，渡口即被赶来的胡宗南部控制。已渡的部队，照他的预定计划，西进至甘州、肃州地带，即被国民党军辗转包围，虽经英勇抗击，但终于遭受失败。

张国焘的错误，给党和红军带来了严重的损失。但由于遵义会议以后全党确立了以毛泽东同志为首的党中央的正确领导，这使得张国焘的错误没能更大地危害毛泽东同志的正确领导，对从张国焘的错误路线下挽救红四方面军，对从极端艰难困苦的情况下保存中国工农红军，对长征的胜利，起了决定性的作用。

1936年10月，红一方面军、红二方面军、红四方面军三大主力，终于在会宁会师。旋即在山城堡打了一仗，消灭胡宗南部一个师，胜利地结束了长征。从此，我军就亲密地团结在以毛泽东同志为首的党中央正确的领导之下，为争取实现党的抗日民族统一战线政策，迎接抗日高潮而奋斗。

回顾长征的全部过程，我们可以清楚地看出长征是彻底纠正了"左"倾错误路线，确立了毛泽东同志正确路线的领导，才取得胜利的；长征是与张国焘的右倾机会主义路线和他的分裂阴谋做了坚决斗争，并坚持了毛泽东同志的正确主张，才取得胜利的。

我们也可以看出：只有毛泽东同志久经考验的马列主义与中国实际相结合的革命战略思想，才是中国革命的唯一正确的指导思想；只有它，才能赋予中国共产主义运动以无比顽强的生命力，赋予革命军队以无坚不摧的战斗力量；也只有它，才能引导红军奇迹似的战胜千苦万难，完成长征，走向新的胜利。

长征，用它铁的事实宣布：以毛泽东思想武装起来的中国共产党人，是不可战胜的。